DEBORAH, LA FEMME ADULTÈRE

Régine Deforges est née dans le Poitou. D'abord libraire puis éditeur, elle publie notamment des textes érotiques ; dans une France qui n'a pas encore accompli sa « révolution sexuelle », ces ouvrages lui vaudront de nombreux déboires. En 1981, elle connaît son plus grand succès de librairie avec la parution de *La Bicyclette bleue* ; le roman obtient le prix des Maisons de la Presse. Régine Deforges a donné près de quatre-vingts livres de genres extrêmement variés : des romans, des nouvelles, des essais, des entretiens, des chroniques, ainsi que quelques scénarios, chansons ou dessins.

Paru dans Le Livre de Poche :

LA BICYCLETTE BLEUE

1. La Bicyclette bleue

2. 101, avenue Henri-Martin

3. Le diable en rit encore

4. Noir tango

5. Rue de la Soie

6. La Dernière Colline

7. Cuba libre !

8. Alger, ville blanche

9. Les Généraux du crépuscule

10. Et quand viendra la fin du voyage…

BLANCHE ET LUCIE

LE CAHIER VOLÉ

CAMILO

LE COLLIER DE PERLES

CONTES PERVERS

LES ENFANTS DE BLANCHE

LOLA ET QUELQUES AUTRES

POUR L'AMOUR DE MARIE SALAT

RENCONTRES FERROVIAIRES

LA RÉVOLTE DES NONNES

RÉGINE DEFORGES

Deborah, la femme adultère

ROMAN

FAYARD

L'auteur tient à préciser que les faits et gestes prêtés à chacun des protagonistes de ce roman, pour être en partie inspirés des Écritures et de la réalité historique, n'en sont pas moins le fruit de son imagination.

ISBN : 978-2-253-12686-7 – 1re publication LGF

à Christine A.

1

Le jour allait bientôt se lever. Un vent chaud, venu du désert, chassait les brumes de l'aube. Assise sur la balustrade de la chambre haute, Deborah contemplait les premières lueurs du soleil qui blanchissaient l'horizon. Au loin, les murailles de Jérusalem surgissaient de l'ombre et se découpaient dans le ciel. Elle soupira en serrant autour de ses épaules la couverture dans laquelle elle s'était enveloppée pour échapper au froid nocturne. Sur ses joues brillait encore la trace des larmes qu'elle avait versées en quittant la chambre conjugale. Son mari avait tenté de lui faire l'amour et, n'y parvenant pas, voulu lui imposer des caresses humiliantes. Exaspéré par son refus et ses cris, il l'avait chassée de la chambre. Depuis son mariage, cela se renouvelait presque chaque nuit.

Qu'étaient devenus sa joie de vivre, ses chants d'allégresse devant les beautés de l'univers, les matins triomphants, la somptuosité des couchants, son émerveillement devant les sonorités d'un nouvel instrument, les rimes d'un nouveau poème, son désir d'apprendre avec son père et leurs longues discussions sur telle prophétie, tel verset de la Bible ? Où étaient les rires, les jeux avec son cousin Philippe ? Philippe... Un bref sanglot secoua ses épaules.

Le soleil montait lentement, prenant possession de la terre qui émergeait peu à peu de son sommeil. Un coq chanta, puis un autre. Quelques instants plus tard, ce fut au tour des oiseaux de saluer la naissance du jour. Un couple de colombes se posa sur le rebord de la balustrade et fit entendre de doux roucoulements. « Comme elles sont heureuses et libres ! » pensa Deborah, le cœur serré. Remplie de tristesse, elle les chassa d'un geste brusque. Le braiment de l'âne du voisin réclamant son picotin, le cri du porteur d'eau, les aboiements des chiens, les coups de marteau du forgeron indiquaient que le village reprenait ses activités quotidiennes.

– Seigneur, bénis cette journée, fais qu'elle me soit douce, murmura-t-elle, les yeux levés vers le ciel.

Deborah pliait la couverture quand Ada, la vieille servante, entra, accompagnée du cliquetis des clefs pendues à sa ceinture. Ce bruit était doux aux oreilles de la femme, car il symbolisait son pouvoir sur le personnel de la maison et la confiance de son maître. Deborah aurait dû en être détentrice, mais son jeune âge et son inexpérience dans la tenue d'une maison avaient dissuadé son époux de les lui remettre. Après avoir jeté un coup d'œil soupçonneux dans la pièce, Ada dit d'une voix aigre :

– Le maître te demande.

– C'est bien, je viens.

– Tu as encore passé la nuit ici ! C'est péché que de déserter la couche de son époux.

– Mêle-toi de ce qui te regarde.

– Le bien-être du maître me regarde ; j'étais à son service quand tu n'étais pas encore née. Pourquoi ris-tu ?

– Parce que je pense que c'est quelqu'un comme toi qu'il aurait dû épouser.

Ada rougit en lui lançant un regard de haine. Sentant ses joues en feu, elle porta ses mains à son visage pour les cacher.

« Serait-elle amoureuse de mon mari, cette vieille sorcière ?... Ils sont bien assortis : aussi laids et vieux l'un que l'autre », se dit Deborah. Elle resserra sa ceinture autour de sa taille, attacha ses sandales et, d'un mouvement agile, se baissa pour passer la porte étroite, puis descendit d'un pas léger les marches de l'escalier de pierre, suivie par Ada.

Dans la cour, les chiens de la maison lui firent un accueil joyeux, provoquant la fuite des volailles. Sous le figuier se tenaient les femmes de la maison, filant, cousant, triant des lentilles ou des fèves. Deborah les salua d'un geste du bras avant d'entrer dans le lieu secret pour se soulager. Quand elle ressortit, une jeune servante, portant une cruche, s'approcha et versa de l'eau sur ses mains offertes, tandis qu'une autre lui tendait une branche de romarin qu'elle froissa entre ses paumes. Ada ne la quittait pas des yeux.

Deborah entra en se baissant dans la salle aux murs blanchis à la chaux, au sol recouvert de galets dessinant des arabesques. Il faisait frais et sombre dans la vaste pièce éclairée par deux ouvertures haut placées. Une servante broyait les grains de blé entre deux meules, une autre pétrissait la pâte à la huche, une autre encore formait, sur un coffre au couvercle enfariné, des ronds de pâte fermentée, puis les mettait sur la grille disposée au-dessus des braises d'un four. Quand elle estimait qu'un des côtés du pain était cuit, elle le retournait à l'aide d'une pelle de bois, puis, la cuisson terminée, l'empilait sur les autres. Au passage, Deborah préleva un pain : elle faillit le laisser échapper tant il était chaud. Elle le reposa et souffla sur ses doigts en faisant des grimaces ; cela fit rire une jeune servante, vite rabrouée par Ada. Deborah souleva le couvercle d'un coffre et prit une poignée d'abricots séchés qu'elle mit dans sa bouche.

– Qui mange sans avoir béni profane une chose sainte, grommela Ada.

La bouche pleine, la gourmande ne répondit pas.

– Manger debout détraque le corps, disent les sages, fit encore remarquer la vieille servante d'un ton sentencieux.

– Les sages sont de vieux ronchons, répliqua la jeune épousée en mordant dans le pain.

– L'Éternel te punira pour ta goinfrerie.

– Il a autre chose à faire que de s'occuper de moi.

– Tu blasphèmes, le Très-Haut voit tout ce que tu fais.

Deux hommes d'un certain âge entrèrent.

– Mon père ! s'écria Deborah, s'inclinant sur la main de l'un d'eux, qu'elle porta à ses lèvres.

– Ma fille, relève-toi, ordonna le vieillard d'une voix douce en la serrant contre lui. Salue mon ami Joseph, ton époux.

À contrecœur, la jeune femme baisa la main tendue.

À leur entrée, les servantes avaient suspendu leurs travaux, ce qui n'était pas du goût d'Ada.

– Paresseuses, qu'attendez-vous pour reprendre le travail ?... Ruth, feignante, tu laisses brûler le pain !

Ruth se saisit d'un pain qu'elle relâcha avec un cri. Ada se précipita sur elle, la main levée.

– Maladroite ! gronda-t-elle, tandis que sa main s'abattait avec violence sur la joue de la servante.

– Il suffit, ordonna Deborah. Une galette de perdue, ce n'est pas si grave et ne mérite pas ta brutalité.

Le regard haineux, Ada se tourna vers Joseph :

– Maître, n'est-ce pas péché que de souiller le pain sacré ?

– Calme-toi, Ada, il n'y a pas eu mauvaise intention de la part de Ruth, tout juste une gaucherie qui ne justifie pas ta colère.

– Mais, maître...

– Il suffit ! Offre-nous plutôt un de ces gâteaux dont tu as le secret, ceux au miel et à la rose, qui sont un régal. Je sais que mon ami Jérémie en est friand.

La vieille se rengorgea devant l'éloge du maître et se dirigea vers un coffre d'où elle sortit une corbeille remplie de gâteaux dégoulinants de miel disposés sur un linge blanc. Elle poussa un braillement qui fit sursauter l'assemblée.

– Quoi encore ? demanda Joseph d'un ton contrarié.

– Maître !... Oh, maître ! bafouilla-t-elle...

– Explique-toi, à la fin !

Reprenant son souffle avec difficulté, Ada répondit :

– On a volé une partie des gâteaux.

– Volé ? firent ensemble Joseph, Jérémie et les servantes.

– Oui, volé ! C'est toi ?... C'est toi ?... demanda-t-elle à chacune des femmes.

Celles-ci répondaient, apeurées :

– Non, ce n'est pas moi.

– Alors, qui ? s'exclama Ada d'un air menaçant.

– C'est moi, répondit Deborah avec désinvolture. J'en ai pris un, puis un autre. Ils sont si bons que je ne sais pas comment je ne les ai pas tous mangés.

Jérémie et Joseph avaient du mal à dissimuler un sourire.

– C'est de ta faute, ajouta-t-elle en se tournant vers Ada, tu es si bonne pâtissière que tu nous pousses à commettre le péché de gourmandise.

– Deborah a raison, dit le maître de maison, c'est ton talent qui est la cause de son péché.

Ada ne savait plus quelle contenance prendre, partagée entre l'indignation devant le manque de vergogne de l'épouse de son maître et la satisfaction de voir vanter son savoir-faire. Elle n'eut pas le temps de choisir : la jeune maîtresse présenta la corbeille à son père puis à son mari ; chacun d'eux prit un des gâteaux tentateurs et le mangea avec un plaisir si évident que Deborah ne résista pas et en reprit un, malgré l'œil furibond d'Ada.

– Ces gâteaux sont une merveille, déclara Jérémie.

– Mon père, prenez-en un autre. Vous aussi, mon époux.

Les deux amis se resservirent une fois, puis une autre, sous les regards envieux des servantes et celui, malicieux, de Deborah ; bientôt, la corbeille fut vide.

– Ils ont tout mangé ! s'écria la jeune femme en agitant la corbeille. Qu'on apporte de l'eau.

Ada repoussa la servante qui s'approchait en portant une cruche et la lui arracha des mains. Elle versa l'eau sur les paumes de Joseph et de son hôte.

– Mon père, chuchota Deborah à l'oreille paternelle, ta barbe est pleine de miel.

Jérémie passa la main sur sa barbe, en effet toute poisseuse. « C'est à cause de ma voracité », se dit-il en s'essuyant à l'aide du linge humide que lui avait tendu sa fille, tout en observant que la barbe de son ami n'était pas en meilleur état que la sienne.

– C'est toujours comme ça, avec les gâteaux d'Ada, on s'en met partout, remarqua Joseph en prenant à son tour le linge humide que la servante lui tendait. Il ajouta d'un ton faussement sévère : Que notre péché retombe sur toi, Ada !

– Les anges eux-mêmes succomberaient devant tant de délices, affirma Jérémie.

Le visage de la vieille servante était rayonnant. Deborah avait du mal à retenir une plaisanterie. Comme Jérémie prenait congé, sa fille se pendit à son bras :

– Père, tu m'as promis de me montrer les livres que tu as reçus d'Égypte ; puis-je venir avec toi ?

– Je le veux bien, si ton époux le permet.

Joseph leva les bras au ciel.

– Des livres, encore des livres !... Mon ami, je n'aime pas que Deborah perde son temps dans les livres ; ce n'est pas bon, pour une femme !

– Tu sais que, là-dessus, je ne suis pas d'accord avec toi. Je te rappelle que, lorsque Deborah était enfant, tu t'émerveillais de ses connaissances et allais jusqu'à lui dispenser ton savoir sans t'inquiéter de son sexe. Les femmes sont autant que nous capables de raisonnement, et la lecture des Saintes Écritures ne peut que renforcer leur intelligence, leur sens du devoir et leur amour envers l'Éternel.

– Dans une certaine mesure, peut-être. Mais était-il bien nécessaire d'élever Deborah comme tu l'eusses fait pour un fils, en lui transmettant tes connaissances ? Pourra-t-elle, après toi, enseigner elle aussi ? Cela lui a donné une assurance, pour ne pas dire une insolence, qui fait jaser. Les voisins ont remarqué qu'elle ne s'intéresse guère aux choses du ménage.

– C'est injuste, mon ami ! À la mort de mon épouse, son aïeule, ma mère, lui a appris tout ce qu'il fallait pour tenir une maison, filer la laine, faire le pain...

– Je sais, je sais, mais on voit que cela ne l'intéresse pas, et de plus... je n'aime pas que ma femme en sache plus que moi.

Jérémie éclata de rire :

– Tu devrais au contraire t'en féliciter. Quand elle te donnera un fils, elle pourra t'aider dans son éducation.

– Un fils..., soupira Joseph qui eut soudain l'air très vieux.

Ada comprit le sens de ce soupir et jeta un regard haineux à Deborah, espérant que son maître lui interdirait de suivre son père ; il n'en fut rien.

– Va, dit-il à sa femme.

– Merci, jeta-t-elle en déposant un baiser sur la joue de son époux. Mon père, attends-moi, je vais chercher mon manteau.

Elle disparut tel un tourbillon.

Les deux amis restèrent un moment silencieux. Jérémie rompit le premier le silence :

– Ne t'inquiète pas, ma sœur Suzanne raccompagnera Deborah à ton domicile.

– C'est bien. On dit que son fils Philippe est devenu très savant.

– Dans une certaine mesure on peut le dire, mais c'est un garçon qui pense davantage à s'amuser qu'à étudier. Sa mère l'a trop gâté.

– C'est ce qui arrive quand les femmes assument seules l'éducation des garçons.

– Sans doute. Restée veuve très tôt, elle n'avait guère le choix.

– Elle pouvait se remarier.

– Je le lui ai souvent conseillé, mais elle craignait que son nouvel époux n'accepte pas la présence de son fils.

– Il est vrai que cela arrive souvent. Il n'empêche qu'une présence virile eût été bénéfique à ce garçon.

Les deux hommes soupirèrent. Quand Deborah revint, elle remarqua leur air songeur, mais s'abstint de leur en demander la raison.

– Père, je suis prête.

Avant de franchir le seuil, elle posa son voile sur sa tête.

2

Jésus était las. Une grande tristesse avait envahi son cœur.

– Mon Père, ils n'écoutent pas Tes paroles.

Il s'éloigna du Temple, arrêtant d'un geste ses disciples qui voulaient le suivre.

– Je veux être seul pour m'entretenir avec le Très-Haut, dit-il à Jean qui s'attachait à ses pas.

– Rabbi, la solitude n'est pas bonne quand le cœur est triste.

– Comment sais-tu cela, toi qui es si jeune ?

– Je le sais parce que je t'aime et que je m'inquiète pour toi.

– Tu t'inquiètes à tort.

– Je ne crois pas ; il y a tant de haine autour de toi. Parfois, elle est si forte qu'elle me transperce le cœur. Pourquoi te haïssent-ils autant ?

Jésus eut un rire sans joie et posa la main sur l'épaule de son compagnon.

– Mes paroles sont des paroles de justice et d'amour. Bien qu'ils sachent qu'elles viennent de Dieu, qu'ils offensent en ne les respectant pas, ils ne veulent pas les entendre.

– Pourquoi ne veulent-ils pas respecter la parole de Dieu ?

– Parce qu'elle dérange leur vie quotidienne et nuit, pensent-ils, à leurs intérêts.

– C'est pour cela qu'ils veulent te tuer ?

Jésus ne répondit pas et continua son chemin.

Jean le regarda partir, appuyé sur son bâton tel un vieillard. Simon s'approcha :

– Où va-t-il ?

– Je ne sais pas.

Marie, la mère de Jésus, s'approcha à son tour, suivie de Marc et de Matthieu.

– Ne peux-tu l'accompagner ? demanda-t-elle à Jean.

– Il ne le veut pas.

Jean attira Marie contre lui. Enlacés, ils regardaient Jésus gravir le mont des Oliviers.

– Je n'aime pas le savoir seul, murmura Marie.

– J'ai l'impression que notre compagnie lui pèse, remarqua Marc.

– Je le pense aussi, ajouta Matthieu.

– Moi, je le comprends ! s'écria une belle jeune femme au regard insolent. Il est fatigué d'essayer de vous faire entendre la parole de Dieu.

– Ne sois pas injuste, Marie-Madeleine, ce sont de pauvres pécheurs qui font de leur mieux pour comprendre le message de mon fils. Moi-même, je ne comprends pas toujours ce qu'il dit, précisa Marie de sa voix douce.

Du revers de la main, elle essuya une larme. Marie-Madeleine, émue, détourna les yeux ; elle aimait cette femme courageuse qui jamais ne se plaignait, s'appliquant à rendre plus clémente la vie de son fils, lavant et ravaudant son linge telle une servante, cuisant le pain, essuyant son front en sueur après une longue marche, lui reprochant parfois sa sollicitude envers les pauvres et les malades :

– Mon fils, prends un peu de repos.

– Mère, ces gens souffrent, ils ont besoin de moi.

– Je sais. Mais nous aussi, nous avons besoin de toi !

Jésus souriait aux propos affectueux de sa mère. La tendresse qui émanait alors de lui bouleversait Marie-Madeleine. Cette tendresse qu'il savait lui témoigner, à elle aussi, était, pour la jeune femme, un gage du respect qu'il lui portait. Jamais il ne lui avait fait reproche de sa vie passée, la considérant à l'égal de ses disciples. Souvent, avec Jean, celui que Jésus aimait tant, elle parlait de sa bonté à leur égard, envers les pauvres et les malades. Jamais il ne s'impatientait quand ils lui faisaient répéter ses paroles, pour eux bien obscures.

– Un jour, vous comprendrez et ce sera à votre tour de prêcher la parole du Père. Souvenez-vous que vous êtes les enfants de Dieu, qu'Il vous a choisis pour témoigner de Son amour et de Sa justice. Quand je ne serai plus parmi vous, Il vous guidera dans Sa lumière.

Marie-Madeleine admirait la confiance qu'il avait dans ce Père invisible ; elle l'admirait et l'enviait. Comment pouvait-il croire en Sa bonté alors qu'autour de lui régnait tant de haine ? Cette haine, elle ne la comprenait pas. Que lui reprochaient-ils, ces pharisiens, ces scribes ? De chasser les démons qui avaient pris possession du corps d'hommes ou de femmes ? De guérir le jour du sabbat ? De mépriser les richesses de ce monde ? De remettre les péchés ? N'avait-il pas osé dire à un malheureux paralytique, étendu sur sa civière, portée par ceux de sa famille :

– Homme, tes péchés te sont remis !

Les scribes et les pharisiens présents avaient frémi en entendant ces paroles ; ils s'étaient regardés en disant :

– Qui est-il, celui-là, qui profère des blasphèmes ? Qui peut remettre les péchés, sinon Dieu seul ?

Jésus, lisant en eux, avait souri :

– Pourquoi ces pensées dans vos cœurs ? Quel est le plus facile à dire : « Tes péchés te sont remis », ou : « Lève-toi et marche ? » Eh bien, pour que vous sachiez que le Fils de l'homme a le pouvoir sur la terre de remettre les péchés, je te l'ordonne : « Lève-toi et marche, prends ta civière et retourne chez toi ! »

Le malade s'était redressé, avait pris sa civière et s'en était allé en glorifiant Dieu. La foule qui avait assisté à la guérison, saisie de stupeur et de crainte, s'était éloignée, louant le Seigneur et disant :

– Nous avons vu d'étranges choses, aujourd'hui !

Oui, c'étaient de bien étranges choses. Cependant, ses disciples devinaient confusément qu'elles ne leur paraissaient étranges que parce que leur cœur ne pouvait les voir avec les yeux de l'innocence.

Les femmes qui suivaient Jésus, elles, ne se posaient pas autant de questions : elles acceptaient ce que leurs yeux voyaient, ce que leurs oreilles entendaient. Pour elles, il était le fils de Dieu, puisqu'il le disait. Souvent, elles s'en entretenaient avec Marie, qui répondait en souriant, de cet air tendre et triste qui les atteignait au cœur :

– Depuis qu'il est né, je sais qu'il est promis à de grandes choses et qu'il est venu parmi nous pour accomplir la parole de Dieu, son père.

– N'est-ce pas Joseph, ton époux, qui est son père ?

– Il l'est selon la loi des hommes.

– Que veux-tu dire ?

– Quand l'Ange est venu me trouver dans la maison de David, il m'a dit : « Réjouis-toi, comblée de grâces, le Seigneur est avec toi. » Devant mon trouble, il a ajouté : « Sois sans crainte, Marie, car tu as trouvé grâce auprès de Dieu. Voici que tu concevras dans ton sein et enfanteras un fils, et tu l'appelleras du nom de Jésus. Il sera grand et sera appelé Fils du Très-Haut. » J'ai alors levé mes mains vers lui et je lui ai dit : « Comment cela sera-t-il, puisque je ne connais pas d'homme ? » Il m'a répondu : « L'Esprit saint viendra sur toi, et la puissance du Très-Haut te prendra sous son ombre ; c'est pourquoi l'être saint qui naîtra sera appelé Fils de Dieu. Et voici qu'Élisabeth, ta parente, vient elle aussi de concevoir un fils dans sa vieillesse, et elle en est à son sixième mois, car rien n'est impossible à Dieu. » J'ai répondu : « Je suis la servante du Seigneur ; qu'il m'advienne selon ta parole. » Quand l'Ange m'a quittée, je suis partie en hâte chez Zacharie, l'époux de ma parente Élisabeth, que j'ai saluée. Elle a poussé un cri et, posant ses mains sur son ventre, m'a dit : « Bénie sois-tu entre les femmes, et béni le fruit de ton sein ! Comment m'est-il donné que vienne à moi la mère de mon Seigneur ? Car, vois-tu, dès l'instant où ta salutation a frappé mes oreilles, l'enfant a tressailli d'allégresse dans mon sein. » Je l'ai embrassée et je lui ai dit : « Mon âme et mon esprit tressaillent de joie en Dieu, parce qu'Il a jeté les yeux sur Sa servante. » Je suis restée auprès d'elle jusqu'à la naissance de son fils Jean, et je m'en suis retournée chez moi.

– Mais Joseph, ton époux, comment a-t-il accepté de te recevoir enceinte d'un autre que lui ?

– Joseph était un homme juste, il ne voulut pas me dénoncer publiquement et résolut de me répudier sans bruit. Mais l'Ange du Seigneur lui apparut en songe et lui dit : « Joseph, fils de David, ne crains pas de prendre chez toi Marie, ta femme ; car ce qui a été engendré en elle vient de l'Esprit saint ; elle enfantera un fils, et tu l'appelleras du nom de Jésus. » À son réveil, Joseph fit comme l'Ange lui avait prescrit : il me prit chez lui et nous attendîmes ensemble la naissance de l'enfant.

– Et ensuite ?

– C'est à ce moment-là que César Auguste décréta le recensement du monde entier. On devait se faire recenser dans sa propre ville. Nous quittâmes la Galilée et, de Nazareth, nous allâmes en Judée, à la ville de David qui s'appelle Bethléem. Du fait du recensement, il n'y avait plus une seule chambre dans la ville. Nous trouvâmes refuge dans une étable où il y avait un âne et un bœuf. Joseph disposa de la paille propre où il étendit son manteau sur lequel je m'allongeai. C'est alors que je ressentis les premières douleurs de l'enfantement.

– Il n'y avait pas de sage-femme auprès de toi ?

– Non, nous étions seuls. Je craignais pour la vie de l'enfant. Je priais, m'en remettant à Dieu. C'est alors que je ressentis un grand déchirement. Je me redressai et pris le nouveau-né. Je l'enveloppai dans des langes et le serrai contre moi pour qu'il ne prenne pas froid. Joseph et moi, nous remerciâmes le Ciel de nous avoir envoyé cet enfant. Joseph ne se lassait pas de nous regarder, mon fils et moi, le visage radieux et cependant couvert de larmes.

Marie se tut ; un doux sourire éclairait son beau visage tandis qu'elle revivait cet instant miraculeux.

– Et alors ?

– Alors ?... J'ai couché l'enfant dans la crèche. Lasse, j'ai dû m'assoupir quelques instants. Peu après mon réveil, des bergers se sont présentés devant l'étable. Ils s'étaient mis en route après qu'un Ange du Seigneur leur fut apparu dans une grande lumière qui les avait emplis de terreur. Mais l'Ange leur dit : « Soyez sans crainte, car je viens vous annoncer une bonne nouvelle ; il vous est né aujourd'hui, dans la ville de David, un Sauveur, et voici le signe qui vous est donné : vous trouverez un nouveau-né emmailloté et couché dans une mangeoire. » Quand l'Ange les eut quittés, les bergers se dirent entre eux : « Allons jusqu'à Bethléem, et voyons ce qui est arrivé. » Prenant des agneaux nouveau-nés, ils partirent en hâte, guidés par une étoile qui s'arrêta au-dessus de l'étable où nous étions. Ils se sont inclinés devant mon fils en disant : « Gloire à Dieu au plus haut des cieux et sur la terre ! Paix aux hommes objets de Sa complaisance ! » Après avoir déposé leurs offrandes, ils s'en sont retournés en faisant connaître ce qui leur avait été dit de cet enfant. Peu de temps après, nous vîmes arriver des mages venus d'Orient en passant par Jérusalem, demandant : « Où est le roi des Juifs qui vient de

car ils sont morts, ceux qui en voulaient à la vie de l'enfant. » Cependant, Joseph, quand il apprit qu'Archélaos régnait sur la Judée à la place d'Hérode, son père, craignit de s'y rendre. Averti en songe, Joseph se retira en Galilée et vint s'établir dans la ville de Nazareth pour accomplir l'oracle des prophètes : « Il sera appelé Nazaréen. » À Nazareth, notre ville, Jésus grandissait, se fortifiait, se remplissait de sagesse. Chaque année, nous nous rendions à Jérusalem pour la fête de Pâques. Quand Jésus eut douze ans, nous y montâmes, comme c'était la coutume. Puis nous repartîmes, le croyant parmi la caravane. Mais, après une journée de route, ne le voyant pas, nous le cherchâmes parmi nos parents et connaissances. Ne le trouvant pas, nous revînmes sur nos pas. Au bout de trois jours, nous le trouvâmes au Temple, assis au milieu des docteurs, les écoutant et les interrogeant ; et tous ceux qui l'entendaient étaient stupéfaits de son intelligence et de ses réponses. Saisie d'émotion, je suis allée vers lui en lui disant : « Mon fils, pourquoi nous as-tu fait cela ? Vois, ton père et moi, nous te cherchions, angoissés. » À cela il a répondu : « Pourquoi donc me cherchiez-vous ? Ne savez-vous pas que je dois être dans la maison de mon Père ? » Nous ne comprîmes pas ce qu'il voulait dire. Cependant, il nous suivit et nous retournâmes à Nazareth où la vie reprit son cours. Jésus apprit de Joseph le métier de charpentier, croissant en sagesse, en taille et en grâce devant Dieu et devant les hommes.

– Aimait-il le travail du bois ?

– Beaucoup. Il n'avait pas son pareil pour monter une charpente. Comme il était fort et habile, il était très demandé.

– Alors, pourquoi a-t-il abandonné son métier et toi, sa mère ?

Songeuse, Marie ne répondit pas tout de suite. Quand elle reprit la parole, Marie-Madeleine sentit comme une retenue :

– Il ne m'a pas abandonnée, il est parti, car il estimait devoir le faire.

– Sans doute, mais toutes ces années sans lui ont dû te paraître bien longues.

– Oh oui ! soupira-t-elle.

– D'autant que, très vite, il est reparti pour rejoindre son cousin Jean. Quand t'a-t-il quittée pour aller prêcher ?

– Peu après son retour, il me dit vouloir rejoindre son cousin Jean. L'enfant de ma parente Élisabeth, étant devenu homme, s'en était allé dans le désert de Judée. À ceux qu'il croisait, il disait : « Repentez-vous, car le Royaume des Cieux est tout proche ! » Pour tout vêtement, Jean portait un pagne autour de ses reins et en guise de manteau la peau d'un chameau ; il se nourrissait de sauterelles et de miel sauvage. Puis il se rendit sur les bords du Jourdain, prêchant et baptisant dans les eaux du fleuve. Les gens venaient en grand nombre se faire baptiser, confessant leurs péchés. Beaucoup de pharisiens et de sadducéens demandaient à recevoir le baptême ; Jean les accueillait avec colère : « Engeance de vipères, qui vous a suggéré d'échapper à la Colère prochaine ? Produisez donc un fruit digne du repentir, et ne vous avisez pas de dire en vous-même : "Nous avons pour père Abraham." Car je vous le dis, Dieu peut, des pierres que voici, faire surgir des enfants à Abraham. Pour moi, je vous baptise dans l'eau en vue du repentir ; mais celui qui vient derrière moi, dont je ne suis pas digne d'enlever les sandales, est plus fort que moi ; lui vous baptisera dans l'Esprit saint et le feu ! » Quand Jésus arriva de Galilée, il demanda à Jean de le baptiser. Après son baptême, il remonta sur la rive. À ce moment, les cieux s'ouvrirent et l'Esprit de Dieu descendit sous la forme d'une colombe et plana au-dessus de lui tandis qu'une voix venant du Ciel disait : « Ceci est mon Fils bien-aimé, qui a toute ma faveur. » Alors l'Esprit l'entraîna vers le désert pour y être tenté par le diable. Il jeûna durant quarante jours et quarante nuits ; alors il eut faim. Le diable s'approcha et chuchota : « Si tu es Fils de Dieu, dis que ces pierres deviennent des pains. » Jésus le repoussa en disant : « Il est écrit : Ce n'est pas de pain seul que vivra l'homme, mais de toute parole qui sort de la bouche de Dieu. » Par deux fois le diable le tenta, par deux fois Jésus le repoussa. Dépité, le diable s'enfuit et des anges s'approchèrent et le servirent.

– C'est pendant que Jésus était dans le désert qu'Hérode fit arrêter et emprisonner Jean ?

– Oui. Sa tristesse fut grande en l'apprenant et, peu après, il se retira en Galilée, à Capharnaüm, au bord du lac de Tibériade où je vins le rejoindre avec ses frères. Chaque jour il prêchait la parole de Dieu : « Repentez-vous, car le Royaume des Cieux est tout proche ! » Un matin qu'il marchait sur la plage, il vit deux frères, Simon et André, qui jetaient leur épervier dans la mer, car ils étaient pêcheurs. Mon fils leur dit : « Venez à ma suite, et je vous ferai pêcheurs d'hommes. » Sans un mot, ils laissèrent leurs filets et le suivirent.

Et la femme de Simon, Rachel, après avoir rassemblé quelques vêtements et pris son plus jeune fils Josué par la main, quitta sa maison et le suivit. En avançant plus loin, Jésus vit deux autres frères, Jacques et Jean, fils de Zébédée et de Salomé, assis dans leur barque avec leur père et réparant leurs filets. Jésus les appela. Aussitôt, ils quittèrent leur barque et leur père, et le suivirent. Le père, des larmes roulant sur ses joues, les bénit. Jacques et Jean étaient les fils d'un riche patron pêcheur qui vivait avec sa famille dans une grande et belle maison. Il avait envoyé ses fils étudier à la Maison du Livre où ils étaient restés jusqu'à leur treizième année. (Cette éducation contredirait plus tard les durs propos de Jean Chrysostome : « Il n'y a rien de plus indigent ni de plus humble ni de plus ignorant qu'un pêcheur ! ») Jean était un adolescent aux traits réguliers, aux yeux tendres, gai et habile de ses mains, agile et fort. Son esprit était assoiffé de connaissances, son âme pure et son cœur sensible. La suite, tu la connais.

3

Jésus parcourait la Galilée, prêchant et guérissant, accompagné d'une foule de plus en plus nombreuse. Le bruit de ses paroles et de ses guérisons parvint jusqu'à Jérusalem où les prêtres et les pharisiens s'inquiétèrent de sa renommée grandissante ; certains d'entre eux résolurent de le faire tuer.

Un jour, Jésus gravit une montagne et, suivi de ses disciples et de la multitude, s'assit au sommet et, du doigt, montra douze de ses disciples, qu'il désigna comme apôtres : Simon, qu'il nomma Pierre en disant : « Tu es Pierre et sur cette pierre, je bâtirai mon Église », André, son frère, Jacques, Jean, Philippe, Barthélemy, Matthieu, Thomas, Jacques, fils d'Alphée, Simon, appelé le Zélote, car il désirait libérer Israël du joug des Romains, Judas, fils de Jacques, et Judas l'Iscariote. Puis il prit la parole :

– Heureux les doux, car ils posséderont la terre. Heureux les affligés, car ils seront consolés. Heureux les affamés et les assoiffés de justice, car ils seront rassasiés. Heureux les miséricordieux, car ils obtiendront miséricorde. Heureux les cœurs purs, car ils verront Dieu. Heureux les artisans de la paix, car ils seront appelés fils de Dieu. Heureux les persécutés pour la justice, car le Royaume des Cieux est à eux. Heureux êtes-vous quand on vous insultera, qu'on vous persécutera et qu'on dira faussement contre vous toutes sortes d'infamies à cause de moi !

Il leur dit encore :

– Un aveugle peut-il guider un aveugle ? Ne tomberont-ils pas tous deux dans un trou ? Le disciple n'est pas au-dessous du maître ; tout disciple accompli sera comme son maître. Ce que vous voulez que les hommes fassent pour vous, faites-le pour eux pareillement. Si vous aimez ceux qui vous aiment, quel gré vous en saura-t-on ? Car même les pécheurs aiment ceux qui les aiment. Au contraire, aimez vos ennemis, faites du bien et prêtez sans rien attendre en retour. Votre récompense alors sera grande, et vous serez les fils du Très-Haut. Montrez-vous compatissants, comme votre Père est compatissant. Ne jugez pas, et vous ne serez pas jugés ; ne condamnez pas, et vous ne serez pas condamnés ; donnez, et l'on vous donnera.

Il y avait sur le visage de la plupart de ceux qui l'écoutaient une expression d'intense stupéfaction ; quelques-uns, cependant, l'entendaient avec ravissement...

Trois jours plus tard, il y eut des noces à Cana, en Galilée, auxquelles Jésus était convié, ainsi que sa mère et ses disciples. Au cours du repas, le vin vint à manquer, Marie s'approcha de son fils et lui dit :

– Ils n'ont plus de vin.

Jésus répondit :

– Que veux-tu, femme ? Mon heure n'est pas encore arrivée.

Marie alla dire aux serviteurs :

– Tout ce qu'il vous dira, faites-le.

Il y avait dans un coin six jarres de pierre destinées aux purifications des Juifs et contenant chacune deux ou trois mesures d'eau. Jésus leur dit :

– Remplissez d'eau ces jarres.

Ils les remplirent jusqu'au bord. Jésus leur dit :

– Puisez maintenant et portez au maître du repas.

Ils lui en portèrent. Lorsque le maître du repas eut goûté l'eau devenue vin, il fit appeler le marié et lui dit :

– Tout homme sert d'abord le bon vin et, quand les gens sont ivres, le moins bon. Toi, tu as gardé le bon vin jusqu'à présent.

Après cela, Jésus et ses compagnons descendirent à Capharnaüm où ils demeurèrent quelques jours avant de s'en retourner en Judée où Jésus reprit ses prêches. Mais il dut quitter la Judée, car les pharisiens et les scribes voulaient le tuer. Il se rendit en Galilée.

La fête des Tentes était proche. Les frères de Jésus lui dirent :

– Passe ici en Judée, que tous voient les œuvres que tu fais : on n'agit pas en secret, quand on veut être en vue. Puisque tu fais ces choses-là, manifeste-toi au monde.

Ces frères non plus ne croyaient pas en lui. Jésus leur répondit :

– Mon temps n'est pas encore venu, tandis que le vôtre est toujours prêt. Le monde ne peut pas vous haïr ; mais moi, il me hait, parce que je témoigne que ses œuvres sont mauvaises. Vous, allez à la fête ; moi, je n'y vais pas, car mon temps n'est pas accompli.

Jésus resta en Galilée tandis que ses frères montèrent à la fête.

Plus tard, en secret, il y monta aussi. Les Juifs le cherchèrent dans la fête pour le tuer en disant :

– Où est-il ?

Dans la foule, on chuchotait sur son compte. Les uns disaient :

– C'est un homme de bien.

D'autres :

– Il égare le peuple.

Mais personne ne s'exprimait ouvertement à son sujet par peur des prêtres et des pharisiens.

Jésus monta au Temple et se mit à enseigner. Les prêtres s'étonnaient :

– Comment connaît-il les lettres sans avoir étudié ?

Jésus leur répondit :

– Ma doctrine n'est pas de moi, mais de Celui qui m'a envoyé. Pourquoi cherchez-vous à me tuer ?

Les prêtres répondirent en posant une question :

– Tu as un démon qui cherche à te tuer ?

– Pour une seule œuvre que j'ai faite, vous voilà tout étonnés. Cessez de juger sur l'apparence : jugez selon la justice.

Les conversations allaient bon train et les gens à Jérusalem disaient :

– Ne cherchent-ils pas à le tuer ? Et le voilà qui parle ouvertement sans qu'ils lui disent rien ! Est-ce que vraiment les autorités auraient reconnu qu'il est le Christ ? Mais lui, nous savons d'où il est, tandis que le Christ, à sa venue, personne ne saura d'où il est.

Alors, Jésus s'adressa à eux :

– Vous me connaissez et vous savez d'où je suis ; et pourtant ce n'est pas de moi-même que je suis venu, mais Celui qui m'a envoyé est véridique. Vous, vous ne Le connaissez pas. Moi, je Le connais parce que je suis venu à Sa demande.

Certains essayèrent de se saisir de sa personne, mais aucun ne porta la main sur lui : son heure n'était pas venue.

Dans la foule, beaucoup répétaient :

– Le Christ, quand il viendra, fera-t-il plus de signes que n'a faits celui-ci ?

Ces rumeurs parvinrent aux oreilles du grand prêtre qui envoya des gardes pour l'arrêter. Jésus dit alors à ses disciples :

– Pour un peu de temps encore, je suis avec vous, mais je m'en vais vers Celui qui m'a envoyé. Vous me chercherez et vous ne me trouverez pas ; où je suis, vous ne pouvez pas venir.

La fête touchait à sa fin. Debout au milieu du jour, Jésus s'écria :

– Si quelqu'un a soif, qu'il vienne à moi et il boira, celui qui croit en moi, car, selon le mot de l'Écriture : « De son sein couleront les fleuves de l'eau vive. »

Dans la foule, plusieurs disaient :

– C'est vraiment lui le prophète !

– C'est le Christ !

Mais d'autres disaient :

– Est-ce de la Galilée que le Christ doit venir ? L'Écriture n'a-t-elle pas dit que c'est de la descendance de David et de Bethléem, le village où était David, que doit venir le Christ ?

Les gardes revinrent trouver le grand prêtre, entouré de pharisiens, qui leur demanda :

– Pourquoi ne l'avez-vous pas amené ?

– Jamais homme n'a parlé comme cela ! répondirent-ils.

– Vous aussi, vous vous êtes laissé égarer, répliquèrent les pharisiens en colère. Est-il un des notables qui ait cru en lui ? Ou un des pharisiens ? Mais cette foule qui ne connaît pas la Loi, ce sont des maudits.

Nicodème, l'un d'entre eux, homme juste et bon, leur dit :

– Notre Loi juge-t-elle un homme sans d'abord l'entendre et savoir ce qu'il fait ?

Furieux, ils lui répondirent :

– Es-tu de la Galilée, toi aussi ? Étudie ! Tu verras que ce n'est pas de la Galilée que doit surgir le prophète.

Ils s'en allèrent chacun de son côté, laissant le grand prêtre à ses réflexions. Quant à Jésus, il alla au mont des Oliviers où il passa la nuit en prière.

Dès l'aurore, il retourna dans le Temple où les ouvriers avaient repris leur travail. Sa mère et ses disciples s'y trouvaient aussi. Bientôt le peuple s'assembla autour de lui. S'étant assis, il les instruisit. C'est alors que les scribes et les pharisiens amenèrent une femme surprise en adultère. Ils poussèrent la coupable devant Jésus.

– Mais c'est une enfant ! s'écria sa mère.

La très jeune femme tremblait de tous ses membres. De son front coulait un filet de sang et de ses yeux de lourdes larmes qui laissaient une trace sur son visage sali. Sa robe, déchirée par endroits, laissait voir son corps. Les tresses de ses longs cheveux bruns étaient défaites et mêlées de poussière et de paille.

– Maître, cette femme a été surprise en flagrant délit d'adultère. Or, dans la Loi, Moïse nous a prescrit de lapider ces femmes-là. Toi donc, que dis-tu ?

Ils disaient cela pour le mettre à l'épreuve afin d'avoir matière à l'accuser.

Jésus se pencha et se mit à écrire avec son doigt dans la poussière, sans répondre.

– Alors, que dis-tu ? insistèrent-ils.

Jésus se redressa, regarda calmement la foule et répondit :

– Que celui d'entre vous qui est sans péché lui jette la première pierre !

Il se pencha de nouveau et écrivit sur le sol.

Il y eut dans la foule un long frémissement ; nul n'osait échanger un regard. Un à un, les accusateurs, à commencer par les plus âgés, laissèrent tomber les pierres qu'ils tenaient et quittèrent le Temple, laissant la femme au milieu. Jésus se redressa et lui demanda :

– Femme, où sont-ils ? Personne ne t'a condamnée ?

– Personne, Seigneur.

Jésus eut alors un doux sourire.

– Moi non plus, je ne te condamne pas. Va, désormais, ne pèche plus.

La femme infidèle recula sans quitter Jésus des yeux ; ses pleurs brouillaient sa vue. Elle ajusta son voile sur sa tête et s'enfuit en courant. Devant elle, tous s'écartèrent.

Jésus et ses compagnons partirent dans la direction opposée.

Combien de temps marcha-t-elle ? Ses pieds nus, ensanglantés, s'appuyaient de plus en plus lourdement sur le sol ; elle trébucha et se retint aux pierres d'une maison effondrée, puis glissa le long du mur.

Le soir tombait et le soleil se coucha dans un rougeoiement de fin du monde. Frissonnante, elle se recroquevilla pour tenter d'échapper au froid de la nuit. Longtemps ses larmes coulèrent, mais, peu à peu, elles cessèrent au souvenir de cet homme si bon, au regard si doux, qui lui avait sauvé la vie. « Jésus », murmura-t-elle avant de sombrer dans un sommeil peuplé de rêves. En songe, elle vit un ange au visage lumineux, d'une grande beauté, qui lui dit :

– Lève-toi et rejoins celui qui vient de la part du Seigneur.

– Où le trouverai-je et comment le reconnaîtrai-je ?

– Je te guiderai, et lui te reconnaîtra.

Elle se leva et, dans la nuit, suivit sans crainte l'Ange de Dieu.

Peu avant l'aube, l'envoyé du Très-Haut lui désigna un campement ; tout y était silencieux. La femme se glissa parmi les dormeurs et s'allongea auprès de l'un d'eux. Aussitôt elle s'endormit.

4

Marie et les femmes s'activaient autour du feu, préparant le premier repas de la journée. Marie-Madeleine s'approcha pour réveiller Jésus, ses frères et ses disciples. Qui était cette femme endormie contre Jésus, recouverte de son manteau ? Intriguée, elle se pencha, écarta le manteau et s'écria :

– La femme adultère !

– Chut, ordonna Jésus en se redressant. Ne la réveille pas, elle est fatiguée.

– Comment est-elle venue jusqu'ici ?

– Un ange envoyé par mon Père l'a guidée.

Marie-Madeleine avait une confiance totale en la parole de Jésus, mais là...

– Tu plaisantes sans doute ?

– En ai-je l'air ?

À son tour Marie, sa mère, s'approcha.

– Mon fils... que fait ici cette femme ?

– C'est mon Père qui nous l'envoie. Mère, occupe-toi d'elle comme si elle était ta fille.

Le bruit des paroles avait réveillé l'infidèle qui se redressa, les cheveux ébouriffés, et se frotta les yeux. Marie et Marie-Madeleine la regardaient sans chercher à cacher leur stupeur devant la beauté de l'étrangère. Sous ses cheveux sombres, ondulés, brillants malgré la poussière du chemin, luisaient deux yeux immenses, d'un bleu si limpide et cependant si profond qu'on avait l'impression de se perdre dans un morceau de ciel.

– Qu'elle est belle, murmura Marie-Madeleine.

– Mon enfant, dit Marie, lève-toi et viens avec moi laver ton visage et ton corps.

La jeune femme obéit et suivit Marie.

– Comment t'appelles-tu ?

– Deborah. Je suis la fille du scribe Jérémie et l'épouse du scribe Joseph, l'ami de mon père. Mon père et lui s'aiment tellement qu'ils ont cru que cette union les rapprocherait à jamais.

– Et alors ? demanda Marie-Madeleine qui les avait suivies.

– Alors ? Il est si vieux qu'il n'a pu devenir mon époux, répondit-elle en éclatant en sanglots.

– C'est pour cela que tu l'as trompé ? insista Marie-Madeleine.

– Je ne sais pas.

– Comment ça, tu ne sais pas ?

Les pleurs de la petite redoublèrent.

– Laisse-la tranquille, ordonna Marie. Tu ne vois pas qu'elle est épuisée ?

– Épuisée ?... Ça ne se voit guère. Elle est aussi fraîche que si elle venait de sortir du bain.

La mère de Jésus eut un sourire narquois.

– Sur quel ton tu dis cela : on dirait que tu es jalouse !

Marie-Madeleine devint cramoisie.

– Jalouse, moi, de cette traînée ?

– N'as-tu pas honte de parler ainsi ?... Va-t'en ! Laisse-nous !

À regret, Marie-Madeleine s'éloigna sous l'œil narquois de Matthieu qui n'avait rien perdu de la scène. Marc en avait lui aussi été le témoin.

– J'espère que Jésus va renvoyer cette femme. Sa présence ne peut nous apporter que des ennuis, grommela-t-il.

– Pourquoi ? demanda Matthieu d'un ton faussement innocent. Parce qu'elle est plus belle que Marie-Madeleine ? Je n'aurais jamais cru cela possible.

– Pas seulement à cause de sa beauté, mais il y a chez elle une force et une fragilité qui la rendent dangereuse.

– Je ne comprends pas.

– C'est que tu ne connais rien aux femmes, mon pauvre ami.

– Tu les connais mieux, peut-être ?

– J'ai vu mes sœurs, mes tantes et mes cousines, et je peux te dire qu'un homme ne fait pas le poids, face à elles ; alors une femme adultère, si jeune et si belle...

Luc s'approcha :

– De quoi parlez-vous tous les deux avec tant de flamme ?

– De la femme adultère, firent-ils avec un bel ensemble qui les fit pouffer de rire.

– Je comprends, murmura Luc qui les quitta en hochant la tête.

Luc avait été témoin des guérisons miraculeuses opérées par Jésus. Il était médecin et voulait comprendre de quel remède usait celui-ci. Quand il avait vu les paralytiques marcher et les aveugles voir, il s'était approché de Jésus et lui avait demandé :

– Quel est ton secret, rabbi ? Je suis médecin et je veux guérir le plus grand nombre de malades, mais je n'ai pas ta science.

– Il ne s'agit pas de science, mais de foi.

– De foi ? Je ne comprends pas.

– Ces pauvres gens souffrent, ils demandent à Dieu de les guérir.

– Tous les malades demandent à Dieu de les guérir !

– Oui, mais tous n'ont pas la foi.

– Je ne comprends toujours pas.

– Nul ne peut comprendre les mystères divins. Il faut les accepter avec l'innocence de l'enfance.

– C'est beaucoup demander à nous autres, pauvres hommes !

Jésus avait éclaté de rire devant la mine déconfite du médecin. Ce rire joyeux avait laissé Luc décontenancé.

– Qu'ai-je dit de si drôle ?

– Ce n'est pas ce que tu as dit qui est drôle, c'est ta tête.

– Je vois bien que tu te moques.

– Non. Pour te prouver que je ne me moque pas de toi, suis-moi, regarde et écoute.

– Tu accepterais que je me joigne à toi ?

– Une troupe de nomades a toujours besoin d'un médecin.

– Mais...

Jésus s'était éloigné, riant encore comme à une bonne plaisanterie. Depuis ce jour, Luc avait suivi Jésus comme son ombre, ne le quittant pas des yeux quand il guérissait un malade, essayant de comprendre comment il s'y prenait pour faire qu'un aveugle voie ou que la peau d'un lépreux redevienne lisse. Peu à peu, il admit que tout cela se produisait parce que Dieu le voulait bien...

Marie et l'étrangère arrivèrent près d'un puits. Marie se saisit d'une cruche pour puiser de l'eau.

– Laisse-moi faire, dit Deborah.

Elle accrocha le récipient à la corde et le fit descendre lentement. Peu après, elle le remonta, cambrant les reins sous l'effort.

– Viens derrière ce buisson, nous serons à l'abri des regards. Retire ta robe.

Deborah obéit. Marie la regarda sans cacher son admiration.

– Tu es la beauté personnifiée.

La jeune femme rougit et tenta de cacher sa nudité derrière ses mains.

– N'aie pas honte, mon enfant, c'est Dieu qui t'a créée ainsi ; la créature ne doit pas rougir de l'œuvre de son créateur. Baisse-toi, je vais verser de l'eau sur ton corps.

L'eau versée, Marie lui tendit une poignée d'herbes parfumées dont elle se frotta. Quand elle en eut terminé, la mère de Jésus vida sur elle le reste de l'eau puis l'enveloppa d'un grand linge. Enfin, à l'aide d'un peigne d'ivoire qu'elle avait apporté, elle entreprit de démêler la longue chevelure.

Bientôt Marie arriva au bout de sa tâche. Comme elle tendait sa robe à la baigneuse, elle remarqua que le vêtement n'était qu'une loque.

– Tu ne peux pas remettre cette guenille. Reste ici, je vais chercher de quoi te couvrir.

À pas rapides, Marie s'éloigna. À peine avait-elle disparu au bout du sentier qu'un jeune homme bondit devant Deborah qui se recroquevilla.

– N'aie pas peur, je suis un des disciples de Jésus ; j'étais là quand il t'a permis d'échapper à la lapidation.

La jeune fille rougit et cacha son visage dans ses mains, geste qui lui fit lâcher le linge et la laissa nue.

– Pardonne-moi, je ne voulais pas te blesser, dit Jean en se détournant et en rougissant à son tour. Quel est ton nom ?... Le mien est Jean.

– Deborah, dit-elle d'une petite voix en ramassant sa robe déchirée pour dissimuler sa nudité.

– Quel âge as-tu ?

– Quatorze ans, je crois.

– C'est bien jeune, pour se marier !

– C'est ce que j'ai dit à mon père... Je l'ai supplié de me garder auprès de lui, en remontrant que je pouvais l'aider, recopier les textes saints...

– Tu sais donc lire et écrire ! s'exclama Jean d'un ton incrédule.

– Oui. Mon père m'a transmis son savoir.

– Mais tu es une femme !

– Et alors ?... Crois-tu que les femmes soient moins intelligentes que les hommes ?

– Non... Mais...

– Il n'y a pas de mais. Mon père n'avait pas de fils et craignait que ses connaissances ne fussent perdues. C'est pour cela qu'il me les a enseignées.

– Alors, pourquoi te faire épouser un homme de son âge ?

– Son ami me voulait pour épouse. Et mon père, par amitié, a accepté malgré mes supplications.

– C'est pour cela que tu l'as trompé ?

– Je ne l'ai pas trompé !

– On t'a surprise en flagrant délit d'adultère.

– C'est ce qu'ils ont dit : c'est faux !

– Je ne comprends pas.

Deborah le regarda longuement puis dit avec un sourire moqueur :

– Il y a beaucoup de candeur en toi et tu n'es guère plus âgé que moi...

– J'ai seize ans !

– C'est ce que je disais.

– Mais...

– Tais-toi, laisse-moi continuer. J'ai un cousin du même âge que moi, Philippe, nous avons été élevés ensemble comme frère et sœur. Nos mères nous couchaient dans le même berceau ; elles rêvaient de nous unir, et mon père le savait ; c'est pour cela que je n'ai pas compris qu'il me marie à un autre. Quand je me suis enfuie de chez mon mari, je me suis réfugiée chez mon père, qui m'a chassée. Je suis alors allée chez la sœur de mon père, Suzanne, qui m'a également éconduite. Philippe m'avait suivie, il m'a donné du pain et m'a conduite dans une cabane près du mont des Oliviers. C'est là que les pharisiens et les scribes lancés à notre poursuite nous ont surpris dormant dans les bras l'un de l'autre...

– Mais...

– Tu ne sais dire que *mais* !... Ils ont vu ce qu'ils voulaient voir. Ils se sont saisis de moi. Heureusement, Philippe a réussi à s'échapper...

– C'est un lâche, comment a-t-il pu t'abandonner ainsi ? s'exclama Jean avec colère.

– Tu juges un peu vite. Tu ne sais pas ce que tu aurais fait en pareille circonstance. Laisse-moi. Il n'est pas convenable que tu restes seul avec moi.

Jean s'éloigna à regret.

En chemin, il méditait les paroles de Deborah : avait-elle dit vrai ? Comment une femme pouvait-elle connaître les Écritures ? Il se promit de faire part à Jésus de ce qu'il venait d'apprendre. Peu après, il croisa Marie et Marie-Madeleine portant des vêtements.

– Tu as l'air bien songeur, Jean, remarqua Marie.

– C'est à cause des paroles de cette femme.

– Tu lui as donc parlé ?

– Oui, dit Jean en rougissant.

Et il s'en fut d'un pas rapide.

– Tu vois, Marie, j'avais raison : cette femme va semer la discorde parmi nous.

– Ne dis pas de bêtises, c'est encore une enfant...

– ... surprise en commettant l'adultère.

– Nous n'en savons rien.

– C'est pour cela qu'on a voulu la lapider.

– Ce ne serait pas la première fois qu'une femme serait lapidée sans raison. Et ça n'a aucune importance : personne n'a osé lui jeter la première pierre, et mon fils ne l'a pas condamnée ; cela seul est important. Deborah... Deborah... où es-tu ?

– Ici, répondit une petite voix venant de derrière un mur.

Le soleil avait séché ses cheveux qu'une légère brise faisait voleter autour de son visage. Ainsi elle avait l'air de naître au monde. Sa beauté irradiait. Marie et Marie-Madeleine la contemplèrent un instant en silence.

– Qu'avez-vous à me regarder comme une bête curieuse ?

– Tes cheveux sont magnifiques ! s'exclama Marie-Madeleine.

– Pas autant que les tiens ; on dirait des flammes.

Sa chevelure de feu était la grande fierté de Marie-Madeleine qui fut sensible au compliment.

– Tiens, enfile cette robe, dit Marie en lui tendant son meilleur vêtement.

Deborah laissa tomber sa robe souillée, prit celle apportée par Marie et s'en revêtit.

– Elle est un peu large pour toi, remarqua la mère de Jésus. Je la mettrai à ta taille ce soir. Viens, retournons auprès de nos compagnons ; ils doivent se demander où nous sommes.

Arrivées au campement, les autres femmes vinrent à elles.

– Nous étions inquiètes de ne pas vous voir revenir. Nous craignions que des brigands...

Marie éclata de rire.

– Qu'auraient pu nous dérober des brigands ? Nous n'avons rien.

– Qu'importe ! Ce n'est pas raisonnable de s'éloigner ainsi.

Jésus s'approcha à son tour.

– Je vois, mère, que tu lui as donné ta meilleure robe.

– Voulais-tu, mon fils, que je lui donne la plus vieille ?

– Non, mère, tu as bien fait. Comme toujours, tu n'as écouté que ton cœur. Viens près de moi, dit-il à la jeune femme. Ainsi, tu te nommes Deborah et tu sais lire et écrire, m'a dit Jean.

– Oui.

– Tu pourras alors m'aider à faire comprendre à ces têtes de mules que sont mes disciples les paroles des Écritures !

– Oh, rabbi, je n'oserai pas en ta présence. Et puis, de toute façon, ils ne m'écouteraient pas.

– Eh bien, moi, je t'écouterai.

Deborah éclata en sanglots et se jeta à ses pieds.

– Ce n'est pas bien, de te moquer d'une pauvre femme !

Jésus la releva.

– Je ne me moque pas de toi. Il est juste que ce que tu as appris, tu l'enseignes aux autres. Le menuisier ne transmet-il pas son métier à l'apprenti ? Comme le potier ou le tailleur à son aide...

– Ce n'est pas la même chose.

– Je ne vois pas la différence. Celui qui a reçu doit donner à son tour, ainsi le veut le Père.

– Je ferai ce que tu voudras.

– C'est bien. Viens te restaurer. Tu dois avoir faim.

Les femmes lui présentèrent du pain et de la viande. Elle se jeta sur la nourriture, mangeant avec avidité.

– On dirait qu'elle n'a rien mangé depuis plusieurs jours, fit remarquer Marie-Madeleine d'un ton acerbe.

– C'est le cas, dit Deborah la bouche pleine. Je n'ai rien avalé depuis qu'ils m'ont prise.

– Mange, mon enfant, dit affectueusement Marie, mange.

Tous la regardaient, oubliant leur propre repas. Le silence lui fit lever les yeux. Remarquant leurs regards, elle rougit et cessa de manger.

– Pardonnez-moi, murmura-t-elle, je ne vous ai pas attendus.

– Cela n'a pas d'importance. Nous n'avons pas aussi faim que toi, dit Marie.

– Tiens, prends, lui dit Jeanne en lui tendant une ration de lentilles.

Jeanne était l'épouse de Chouza, l'intendant du roi Hérode Antipas ; elle avait quitté les siens pour suivre Jésus et subvenait en partie aux besoins de la petite troupe.

Deborah interrogea Jésus du regard. Celui-ci la regarda d'un air attendri.

– Prends, tu en meurs d'envie.

La jeune femme ne se fit pas prier, saisit l'écuelle tendue et mangea avec un appétit qui fit rire l'assemblée. Elle s'arrêta, rougissant une nouvelle fois.

– Pardonnez-moi, j'avais encore faim.

Quand elle fut rassasiée, elle se leva et ramassa les écuelles des autres convives pour aller les laver. Jean l'accompagna jusqu'au puits dont il tira de l'eau.

– Merci, dit Deborah.

Tout en lavant la vaisselle, elle lui demanda :

– Pourquoi as-tu répété mes paroles à Jésus ?

– Il m'a semblé nécessaire qu'il sache.

– Tu n'avais pas besoin de le lui dire ; il savait.

Jean resta bouche bée, tenant en l'air une écuelle sale. Se reprenant, il demanda :

– Comment savait-il ? Tu le lui avais dit ?

– Non. Il savait, c'est tout.

– C'est tout ! grommela Jean. Comment veux-tu que je te croie ?

– Demande-lui.

– Je n'oserai pas.

– Tu as peur qu'il se moque de toi ?

– Non... Ce n'est pas cela.

– Si, c'est cela, car il te dirait : « Homme de peu de foi, ne sais-tu pas que je lis en chacun d'entre vous comme dans un livre, et que je connais votre cœur mieux que vous ne le connaissez ? »... Ferme ta bouche, tu as l'air d'un idiot !... Tu es lié à lui depuis plus longtemps que moi et tu ne sais pas qu'il sait tout de vous ?

– Ce n'est pas une raison pour me traiter d'idiot.

Taquine, elle lui jeta de l'eau.

– Je n'ai pas voulu t'offenser, répliqua-t-elle en riant ; mais si tu voyais ta tête...

– Tu m'agaces ! s'écria-t-il en l'aspergeant à son tour.

Elle s'esquiva et s'enfuit en riant, laissant Jean avec les écuelles qu'il rapporta tout penaud.

Jeanne, la femme de l'intendant Chouza, qui n'avait pas d'enfant, se montrait de plus en plus affectueuse envers Deborah, laquelle lui en était reconnaissante. Elles avaient l'une envers l'autre des attentions qui agaçaient Marie-Madeleine, jalouse de ces manifestations de tendresse. Les disciples observaient cette rivalité avec amusement. Jeanne dit un jour à Deborah :

– Tu ne peux pas rester vêtue de la seule robe de Marie. Allons au marché t'en acheter une autre.

– Ce n'est pas la peine, Jeanne, je te remercie. Donne plutôt cet argent aux pauvres.

– L'un n'empêche pas l'autre. Je n'aime pas te voir si mal accoutrée.

– Mais à part toi et Marie-Madeleine, et à commencer par Jésus, les autres autour de moi ne sont pas mieux habillés que moi !

– Ce n'est pas la même chose. Et puis ne discute pas, ma décision est prise : je t'achèterai une robe, que tu le veuilles ou non ! Nous partirons demain à l'aube, c'est jour de grand marché à Jérusalem ; il y a des marchands qui viennent de partout.

– Pourrai-je venir avec vous ? s'enquit Marie-Madeleine.

– Qu'en penses-tu, Deborah ? demanda Jeanne.

– Avec plaisir, à la condition que nous rapportions une belle étoffe pour Marie.

– Crois-tu que je n'en avais pas l'intention ? rétorqua Jeanne d'un ton faussement blessé.

– Que tu es bonne ! s'écria Deborah en l'embrassant.

5

Le lendemain, vêtues de leur plus élégante toilette, Jeanne, Marie-Madeleine et Deborah partirent, accompagnées de Marc, de Simon Pierre et du petit Josué.

La foule était dense autour du Temple. Dans les ruelles vouées au commerce, les hommes admiraient les armes, les harnais, tandis que les femmes se pressaient devant les marchands de poteries, de vanneries et surtout près de ceux qui vendaient des bijoux d'or et d'argent ainsi que des parfums provenant du monde entier. Marie-Madeleine s'arrêta, attirée par une parure en or ciselé. Elle prit le collier entre ses doigts et fit examiner à ses compagnes la finesse du travail du précieux métal.

– Ces rosaces ne sont-elles pas merveilleuses ? s'extasiait-elle. Et ces bracelets ! Ces pendants d'oreilles !

– Laisse ça, grondait Jeanne, ce n'est pas pour toi !

Le marchand grec, qui avait entendu, intervint :

– Si je puis me le permettre, belle dame, ces bijoux sont dignes de la beauté de ton amie.

– Dignes, sans doute, mais trop chers pour notre bourse.

– Qu'à cela ne tienne ; je vous ferai crédit. N'es-tu pas la femme de l'intendant d'Hérode ?

– Cela n'a rien à voir.

– Bien sûr que cela a à voir ! Crois-tu que je fasse crédit aux premiers venus ?

– En cela je te fais confiance... Repose ce collier, Marie-Madeleine. Nous ne sommes pas venues ici pour les bijoux.

À regret, la jeune femme obéit en adressant un geste d'impuissance au marchand.

Plus loin, Marie-Madeleine s'arrêta devant les flacons d'un parfumeur syrien.

– As-tu reçu ce parfum que je t'avais commandé ?

– Oui. J'ai eu du mal à t'en réserver, car les dames de la cour, tout comme les femmes des Romains, voulaient me l'acheter. Mais je n'ai qu'une parole.

L'homme fourgonna parmi ses fioles. Quand il eut trouvé celle qu'il cherchait, il en ôta le bouchon et présenta le flacon aux narines de sa cliente.

– Quelle merveille ! s'exclama-t-elle.

Le marchand fit sentir le parfum à Deborah, puis à Jeanne. Toutes deux le respirèrent avec volupté.

– Je le prends, dit Marie-Madeleine.

– Mais il est sûrement trop cher, fit remarquer Jeanne.

– Rien n'est trop cher pour le maître.

Marie-Madeleine acquitta la somme demandée par le marchand qui déposa le précieux achat dans un petit panier d'osier rembourré d'un coussinet de soie.

Elles se dirigèrent vers le coin des tissus de toutes provenances. Marie-Madeleine fit glisser entre ses doigts une soie de couleur pourpre.

– Cette soie comblerait une reine, lui dit le marchand turc. Mais ta beauté est si grande qu'elle te rend digne d'elle.

Le compliment fit plaisir à Marie-Madeleine qui s'enquit du prix.

– Quoi ! Mais, c'est beaucoup trop cher !... Tu es un voleur !

– Moi, un voleur ?... Sais-tu, ma belle, que tu insultes mes parents en disant cela ?

– Loin de moi de vouloir insulter tes parents, pas plus que toi d'ailleurs. Si mes paroles te blessent, restons-en là. Tu n'es pas le seul marchand de Palestine.

Marie-Madeleine lâcha la soie et se détourna. Le marchand revint à la charge :

– Tu ne trouveras nulle part une soie de cette qualité. Tiens, parce que c'est toi, en hommage à ta beauté, je te la laisse pour deux cents pièces d'argent.

– C'est encore trop cher.

– Tu veux ma ruine ! s'écria-t-il en la suivant, le coupon à bout de bras. Arrête !... Prends !... Tu me donnes cent cinquante et elle est à toi.

– Cent.

– Tu me tues !... D'accord, elle est à toi pour cent pièces d'argent.

Marie-Madeleine sortit de sa ceinture une bourse d'où elle tira les pièces demandées.

– Tiens. Mais, pour le prix, enveloppe-la dans cette toile.

En soupirant, le Turc enveloppa la soie dans de la toile écrue et lui tendit le paquet.

– J'espère que tu reviendras me voir avec la robe que tu auras taillée dans cette soie.

– Je te le promets, dit-elle en rejetant la tête en arrière, geste qui fit danser ses longues tresses dorées le long de son dos.

Le marchand la dévorait des yeux.

– Tu reviens quand tu veux.

Comme Marie-Madeleine s'éloignait, suivie par ses compagnons et par les regards émerveillés des marchands, Jeanne lui empoigna le bras et lui dit :

– Tu t'es conduite avec cet homme comme une mauvaise femme ; ce n'est pas un exemple pour Deborah.

– Arrête de ronchonner, on dirait ma sœur Marthe qui voudrait que je reste à pétrir le pain pour notre frère et à faire son ménage ! Je suis jeune et je suis belle, je veux profiter des belles choses.

– Ce n'est pas une raison pour te montrer coquette. De plus, ce tissu est beaucoup trop beau, beaucoup trop cher. Tu n'auras jamais l'occasion de porter une telle robe...

– Alors, j'en ferai mon linceul !

– Arrête, Marie-Madeleine, c'est mal de plaisanter avec la mort, dit Deborah.

– Je ne plaisante pas avec la mort, mais avec moi quand je ne serai plus.

– Ne dis pas cela, gémit Deborah, les larmes aux yeux, en saisissant la main de Marie-Madeleine.

Surprise, celle-ci regarda sa jeune compagne avec attention.

– Tu m'aimes donc pour que la pensée de ma mort te fasse de la peine ?

– Oui, fit Deborah de la tête en reniflant.

Marie-Madeleine déposa un baiser sur sa joue humide et dit d'un ton ému :

– Je ne suis pourtant pas toujours bonne avec toi ; je te bouscule, je te gronde...

– Ce n'est pas très grave, car je sais que ton cœur est bon.

C'en était trop pour Marie-Madeleine : cette gamine, qu'elle avait du mal à supporter, lui faisait la leçon ! À son tour elle laissa échapper des larmes.

– Assez larmoyé, le temps passe, dit Jeanne, et nous n'avons pas acheté de robe pour Deborah. Venez par ici, je connais un Syrien qui se tient à l'écart des autres marchands de tissus et qui n'est pas trop voleur.

Elles se faufilèrent entre les passants, traversèrent le marché aux épices dont les forts effluves tournaient la tête, suivies par Simon et Marc qui grommelaient contre les femmes et leur manie d'acheter tout et n'importe quoi.

Enfin Jeanne retrouva l'étal du Syrien qui s'inclina devant l'épouse de l'intendant d'Hérode.

– J'ai cru que tu étais fâchée contre moi, car je ne te voyais plus, dit-il.

– J'avais autre chose à faire. Montre-moi tes toiles fines en byssus, ce que tu as de mieux.

Le marchand déplia ses étoffes qu'il étala avec complaisance.

– Regarde ce bleu, ce vert, ce violet, ce rose : ne sont-elles pas merveilleuses ?

– Choisis, Deborah : laquelle veux-tu ?

– Je ne sais pas.

– Prends la rose...

– Si tu veux.

– À moins que tu ne préfères la verte ?

– Je les trouve très belles toutes les deux ; je ne sais laquelle choisir.

– Très bien, je prends les deux.

– Mais...

– Il n'y a pas de mais... Ajoute la violette et la blanche aussi !

– Non ! Je ne veux pas !

Sans tenir compte de ses protestations, Jeanne demanda au Syrien :

– Donne-moi aussi celle de ce bleu si doux... Croyez-vous qu'il plaira à Marie ? Qu'en penses-tu, Deborah ?

– Elle sera assortie à la couleur de ses yeux.

– Je le pense aussi. Syrien, as-tu des tuniques pourpres de Sidon ?

– Les plus belles de tout le marché.

– Donne-m'en une pour une femme de ma taille.

Devant les regards étonnés de Marie-Madeleine et de Deborah, elle précisa :

– C'est pour Marie. La sienne est vraiment trop usée. Simon... Marc... Venez nous aider à porter les paquets.

– Où est passé Josué ? Je ne le vois plus, s'inquiéta son père.

Ils regardèrent autour d'eux : pas de Josué.

– Il sera allé chez les marchands de confiseries, dit Jeanne. Venez, ce n'est pas loin d'ici.

L'odeur sucrée les guida.

En effet, le garçon regardait de tous ses yeux le confiseur étirer de longs rubans de guimauve. Simon s'approcha de son fils et dit d'un ton grondeur :

– Pourquoi t'être ainsi éloigné ? Ne t'avais-je pas dit de rester près de moi ?

– Oui, père.

– Des bandits auraient pu t'enlever. Qu'aurais-je dit à ta mère ?

– Pardon, père.

– Je te pardonne pour cette fois, mais ne recommence pas.

Jeanne attira à elle le gamin qui ravalait ses larmes en reniflant.

– Ne le gronde pas. À sa place, tu en aurais fait tout autant.

– Je ne crois pas, j'avais trop peur de mon père, répliqua Simon.

– Combien pour tes bonbons, marchand ? Ceux à la rose.

– Je vois que tu connais ce qui est bon. Tiens, goûte.

– Merci. Fais plutôt goûter l'enfant.

– Tiens, petit.

Josué décocha un regard à son père.

– Je peux ?

– Tu ne l'as pas mérité, gronda Simon Pierre.

– Donne-m'en deux poignées, et bien pleines, ordonna Jeanne au marchand. Tiens, dit-elle à Josué. Ne mange pas tout d'un coup !

– Merci ! Merci beaucoup. Je peux en prendre ?

– Tu peux, dit la femme de l'intendant. Allons maintenant voir les sandales, les tiennes font pitié.

– Jeanne ! s'écria Deborah.

Sans prêter davantage attention à sa protégée, elle se dirigea vers les marchands de chaussures qui présentaient les derniers modèles à la mode de Rome, d'Athènes ou de Jérusalem. Elle poussa Deborah dans une minuscule échoppe tenue par un Grec et la fit s'asseoir sur une pile de coussins. Elle s'adressa au marchand dans sa langue :

– As-tu reçu des sandales de Laodicée ?

– J'en ai reçu la semaine dernière, mais tu connais leur qualité, je les ai presque toutes vendues.

– J'en suis heureuse pour toi. Cependant, je suis sûre qu'en cherchant bien tu en trouveras une paire pour cette jeune fille.

– Pour toi, noble dame, je ferais l'impossible.

Le Grec fit mine de chercher derrière un rideau.

– Tends ton pied, Deborah, dit Jeanne, afin qu'il te donne la bonne pointure.

Peu après, elles repartaient toutes trois chaussées de sandales neuves.

Une grande et élégante Romaine, suivie de ses servantes et d'un serviteur à la peau noire, bouscula par mégarde la femme de l'intendant royal.

– Jeanne !

– Claudia !

Les deux femmes s'embrassèrent en se faisant compliment sur leur mine.

– Que deviens-tu ? Il y a longtemps que je ne t'ai vue... Est-il vrai que tu as quitté ton époux pour suivre un prophète juif ?... Ne se nommerait-il pas Jésus ?... On dit qu'il fait des miracles, qu'il rend la vue aux aveugles et fait marcher les paralytiques ! J'ai même entendu dire qu'il ressuscitait les morts !... Tout cela n'est sans doute que bavardages de vieilles femmes...

– Non, c'est vrai, intervint Deborah avec véhémence.

La Romaine la regarda avec hauteur.

– Qui es-tu, jeune fille, pour parler ainsi à l'épouse du procurateur Ponce Pilate ?

– Je suis une de celles qui suivent Jésus.

– Comme Jeanne ?

– Oui.

Claudia remarqua alors la présence de Marie-Madeleine dont l'élégance et la beauté la surprirent.

– Ne me dis pas que, toi aussi, tu suis le prophète ?

– J'ai cet honneur, répliqua Marie-Madeleine.

La femme de Pilate la considéra avec étonnement.

– Je ne comprends pas : comment une femme aussi belle et raffinée que toi peut-elle suivre ce vagabond ?

– Ce n'est pas un vagabond, il est plus grand que tous les rois de la terre...

– Oui, je sais... Ne dit-il pas que son royaume n'est pas de ce monde ?

Jeanne et ses compagnes la regardèrent avec stupeur. Jeanne se ressaisit la première.

– Comment sais-tu cela, toi, une Romaine ?

– Crois-tu que les Romains soient aussi bêtes que vous le pensez, vous, les Juifs ? Nous avons des oreilles pour entendre et des yeux pour voir ! Sans compter que le sanhédrin se plaint souvent auprès de mon époux des agissements et des propos de ce Jésus, qu'il juge dangereux.

– Est-ce l'avis de Pilate ?

– Non, mais ces plaintes l'indisposent.

– Que demande le sanhédrin ?

– Son arrestation.

– Son arrestation ! s'écria Marie-Madeleine. Mais il ne commet aucun mal et fait le bien sans compter.

– C'est peut-être cela précisément qu'on lui reproche. Quoi qu'il en soit, depuis que je l'ai entendu prêcher, je désire vivement le rencontrer.

– Pourquoi ? demanda Marie-Madeleine.

– Parce qu'il dit des choses qui me troublent et sur lesquelles je me pose des questions. J'aimerais qu'il me parle de son Dieu.

Depuis quelques instants, Jeanne s'agitait.

– Claudia, si tu apprenais quelque chose au sujet d'une arrestation de Jésus, je te supplie, au nom de notre amitié, de me prévenir.

Claudia marqua un instant d'hésitation.

– Je veux bien, mais à une condition.

– Laquelle ?

– Que tu me fasses rencontrer Jésus.

Jeanne lança un regard à Marie-Madeleine avant de répondre.

– C'est d'accord, dit-elle.

– Bien. Je te laisse, car j'ai encore beaucoup d'emplettes à faire.

Elle s'éloigna. Jeanne et ses compagnes poursuivirent leur chemin.

– Tu as confiance en cette Romaine ? chuchota Marie-Madeleine à l'oreille de Jeanne.

– Dans une certaine mesure, oui.

La foule semblait de plus en plus dense.

– J'ai faim, dit Deborah d'une voix lasse.

– Moi aussi, dit Marie-Madeleine.

– Moi aussi ! dit Josué la bouche pleine de friandises. Et je suis fatigué, ajouta-t-il.

– Moi aussi, mon garçon. Je connais à deux pas d'ici une auberge tenue par une honnête femme, veuve depuis de longues années. Pierre, Marc, dépêchez-vous ! Ce que vous êtes lents !

Il semblait qu'il n'y eût plus une seule place libre à l'auberge. Jeanne regardait l'assistance bruyante avec découragement quand une femme corpulente s'avança.

– Jeanne ! C'est un grand honneur pour moi que de te recevoir dans ma maison. Viens, je vais vous trouver de la place sur la terrasse, vous y serez plus tranquilles.

Tous suivirent l'aubergiste dans l'étroit escalier conduisant à la terrasse où elle les installa sur des coussins, à l'abri d'une tonnelle sur laquelle grimpait une vigne luxuriante.

– Vous serez plus au calme ici. On vous apporte de quoi vous laver les mains.

– Merci, Myra.

Après que les servantes eurent servi le repas, Deborah se tourna vers Jeanne.

– Comment peux-tu avoir des relations d'amitié avec une Romaine ? s'indigna-t-elle.

– Que tu es jeune !... Claudia est certes romaine, mais c'est avant tout une femme bonne et généreuse.

– Mais elle appartient à la race de ceux qui nous oppriment !

– Je sais, soupira Jeanne. Mangeons, je meurs de faim ! ajouta-t-elle pour détourner la conversation.

6

Le lendemain, à l'aube, Jésus et ses compagnons repartirent en Galilée. Pour cela, ils devaient traverser la Samarie. Ils arrivèrent près d'une ville appelée Sykar. Jésus, fatigué, s'assit au bord d'un puits. Il était environ midi. Ses disciples étaient partis en ville acheter de quoi se sustenter : il était seul. Une femme de Samarie s'approcha pour puiser de l'eau.

– Donne-moi à boire, lui demanda Jésus.

La femme eut un mouvement de recul : en effet, les Juifs ne voulaient rien avoir à faire avec les Samaritains.

– Comment, tu es juif et tu me demandes à boire, à moi, une Samaritaine ? dit la femme.

Jésus répondit d'un ton las :

– Si tu connaissais celui qui te dit : donne-moi à boire, c'est toi qui lui aurais demandé, et il t'aurait donné de l'eau vive.

– Seigneur, tu n'as rien pour puiser, et le puits est profond ; avec quoi prendras-tu l'eau vive ? Serais-tu plus grand que notre père Jacob qui nous a donné ce puits et qui en a bu lui-même avec ses fils et ses bêtes ?

– Tout homme qui boit l'eau de ce puits aura encore soif ; mais celui qui boira l'eau que je lui donnerai n'aura plus jamais soif ; et l'eau que je lui donnerai deviendra en lui source jaillissante pour la Vie éternelle.

La femme tomba à genoux et tendit ses mains vers Jésus en disant :

– Seigneur, donne-la-moi, cette eau : que je n'aie plus soif et que je n'aie plus à venir ici pour puiser !

– Va, appelle ton mari et reviens.

La femme répliqua :

– Je n'ai pas de mari.

– Tu as raison de dire que tu n'as pas de mari, car tu en as eu cinq, et celui que tu as maintenant n'est pas ton mari ; là, tu dis vrai.

Toujours à genoux, la femme s'écria :

– Seigneur, je le vois, tu es un prophète. Alors, explique-moi : nos pères ont adoré Dieu sur la montagne qui est là, et vous, les Juifs, vous dites que le lieu où il faut l'adorer est à Jérusalem.

Avant de répondre, Jésus dévisagea longuement la Samaritaine.

– Femme, crois-moi : l'heure vient où vous n'irez plus ni sur cette montagne ni à Jérusalem pour adorer le Père. Mais l'heure arrive, et c'est maintenant où les vrais adorateurs adoreront le Père en esprit et vérité. Dieu est esprit, et ceux qui L'adorent, c'est en esprit et vérité qu'ils doivent L'adorer.

Le visage de la femme semblait éclairé de l'intérieur. Elle dit :

– Je sais qu'il vient, le Messie, celui qu'on appelle Christ. Quand il viendra, c'est lui qui nous fera connaître toutes choses.

Jésus lui dit :

– Moi qui te parle, je le suis.

Là-dessus, ses disciples arrivèrent et furent surpris de le voir parler avec une femme. Pourtant, aucun ne lui dit : « Que demandes-tu ? » ou : « Pourquoi parles-tu avec elle ? »

La Samaritaine, laissant là sa cruche, revint à la ville et dit aux gens :

– Venez voir un homme qui m'a dit tout ce que j'ai fait. Ne serait-il pas le Messie ?

Ils sortirent de la ville et allèrent vers Jésus. Pendant ce temps, les disciples l'appelaient :

– Rabbi, viens manger !

Mais il répondit :

– Pour moi, j'ai de quoi manger ; c'est une nourriture que vous ne connaissez pas.

Les disciples se demandaient : « Quelqu'un lui aurait-il apporté à manger ? »

Jésus, lisant dans leurs pensées, leur dit :

– Ma nourriture, c'est de faire la volonté de Celui qui m'a envoyé, et d'accomplir Son œuvre. Moi, je vous dis : « Levez les yeux et regardez les champs qui se dorent pour la moisson. Dès maintenant, le moissonneur reçoit son salaire ; il récolte du fruit pour la Vie éternelle, si bien que le semeur se réjouit avec le moissonneur. L'un sème, l'autre moissonne. Je vous ai envoyés moissonner là où vous n'avez pas pris de peine, et vous, vous profitez de leurs travaux ! »

Les disciples se regardaient sans comprendre ce qu'il leur disait.

Suivant la femme, les Samaritains arrivèrent près de Jésus et l'invitèrent à demeurer chez eux. Jésus y resta deux jours, leur parlant, et eux écoutant ses paroles. À son départ, ils dirent à la femme :

– Ce n'est plus à cause de ce que tu nous as dit que nous croyons maintenant ; nous l'avons entendu nous-mêmes, et nous savons que c'est vraiment lui, le Sauveur du monde.

Ces deux jours passés, Jésus repartit pour la Galilée. À son arrivée, tous lui firent bon accueil, car ils savaient qu'il avait changé l'eau en vin.

Un fonctionnaire royal dont le fils était malade à Capharnaüm vint lui demander de venir guérir son fils qui était mourant.

– Vous ne pourrez donc pas croire à moins d'avoir vu des signes et des prodiges ? demanda Jésus.

– Seigneur, répondit le fonctionnaire, descends avant que mon enfant ne meure.

– Ton fils est vivant, répondit Jésus.

L'homme crut en sa parole et repartit. Sur sa route, ses serviteurs arrivèrent à sa rencontre et lui dirent que son enfant était vivant.

– À quelle heure s'est-il trouvé mieux ? demanda le père.

– C'est hier au début de l'après-midi que la fièvre l'a quitté.

C'était l'heure à laquelle Jésus lui avait dit : « Ton fils est vivant. »

Il rendit grâces et crut avec tous les gens de sa maison.

Deux hommes avaient assisté à la scène et avaient aussi été témoins des miracles de Jésus : c'étaient des disciples de Jean le Baptiste qu'il avait envoyés de sa prison vers celui qu'il avait baptisé, porteurs de questions de la part de leur maître. Ils s'avancèrent vers Jésus et lui dirent :

– Jean le Baptiste nous a envoyés te demander : « Es-tu celui qui doit venir, ou devons-nous en attendre un autre ? »

Jésus répondit aux envoyés :

– Je le suis. Allez rapporter à Jean ce que vous avez vu et entendu ; les aveugles voient, les boiteux marchent, les lépreux sont purifiés, les sourds entendent, les morts ressuscitent, la Bonne Nouvelle est annoncée aux pauvres.

Les hommes s'inclinèrent et repartirent.

Après leur départ, Jésus parla de Jean le Baptiste à la foule qui l'entourait :

– Qu'êtes-vous allés voir au désert ? Un roseau agité par le vent ?... Alors, qu'êtes-vous allés voir ?... Un homme aux vêtements luxueux ?... Mais ceux qui portent des vêtements magnifiques et mènent une vie de plaisir sont dans les palais des rois. Alors, qu'êtes-vous allés voir ?... Un prophète ? Oui, je vous le dis : Jean est bien plus qu'un prophète. C'est de lui qu'il est écrit : « Voici que j'envoie mon messager en avant de toi pour qu'il prépare le chemin devant toi. » Je vous le dis, parmi les hommes, aucun n'est plus grand que Jean ; et cependant, le plus petit dans le royaume de Dieu est plus grand que lui. À qui donc vais-je comparer les hommes de cette génération ? À qui ressemblent-ils ?... Ils ressemblent à des gamins assis sur la place, qui s'interpellent entre eux : « Nous avons joué de la flûte et vous n'avez pas dansé. Nous avons entonné des chants de deuil et vous n'avez pas pleuré. » Jean le Baptiste est venu, il ne mange pas de pain, il ne boit pas de vin, et vous dites : « C'est un possédé ! » Le Fils de l'homme est venu ; il mange, il boit, et vous dites : « C'est un glouton et un ivrogne, un ami des publicains et des pécheurs. » Mais la sagesse de Dieu se révèle juste auprès de tous Ses enfants. Je vous le dis en vérité.

7

Jésus prenait plaisir à s'entretenir avec Deborah dont l'intelligence et les connaissances le remplissaient de joie. Témoins de cette joie, Marie-Madeleine et Judas l'Iscariote en étaient jaloux.

– Comment peut-il préférer la compagnie d'une femme à celle de l'un de nous qui sommes venus à lui et qu'il a choisis ?

– C'est une sorcière, elle l'aura envoûté, dit Marie-Madeleine.

Entendant ses paroles, Marie, la mère de Jésus, la réprimanda :

– Comment, toi à qui Jésus a pardonné, peux-tu te laisser aller à prononcer ces mauvaises paroles inspirées du démon ?

– Elles ne sont que le reflet de la réalité. Comment expliquer autrement l'ascendant qu'elle a sur ton fils ?

– Cet ascendant, comme tu dis, n'est autre que la reconnaissance d'une âme pure et d'un cœur aimant, répliqua Marie.

Marie-Madeleine partit d'un grand éclat de rire :

– Une âme pure !... Une femme adultère !

– Mon fils sait ce qu'il faut penser de cette accusation mensongère. C'est mal, de ta part, de te faire l'écho du mensonge.

– Ton amour de mère est aveuglé. Nous autres, nous voyons bien ce qu'il en est.

– Vous autres ?...

– Oui : Pierre, Marc, Luc, Matthieu et même Jean, qui aime tendrement cette femme, pensent la même chose que moi.

– Ils se trompent ! intervint Jésus qui avait entendu la conversation. Hommes et femmes de peu de foi, vous ne voyez que le mal autour de vous, et non pas la beauté du monde...

– On voit surtout la beauté de cette femme et le plaisir que tu prends à la contempler, dit Marie-Madeleine en lui coupant la parole.

– C'est vrai que je prends plaisir à la regarder et à l'écouter. Elle est selon mon cœur et selon celui du Père. Tout en elle est désir d'apprendre, de faire le bien, d'être charitable envers autrui. L'un d'entre vous a-t-il eu lieu de se plaindre de son manque de bonté, de son absence de charité ?... Vous ne répondez pas ?... Je vais le faire pour vous. Comme vous n'avez rien à lui reprocher, vous cherchez dans le fond de votre âme quel crime elle aurait bien pu commettre. Comme vous ne trouvez pas, vous vous rabattez sur sa beauté et son intelligence, que vous enviez. Ces sentiments mauvais rongent votre cœur et vous poussent à l'injustice. Je vous le dis : il n'y a rien en elle de corrompu ou de pervers ; elle est à l'image du Père. Cela, dans le secret de votre conscience, vous le savez et ne voulez pas le reconnaître. Je vous le dis en vérité : de tous mes disciples, elle est la plus fidèle. Par elle, rien de mauvais ne peut m'advenir... Ce qui n'est pas le cas pour beaucoup d'entre vous.

– Que veux-tu dire ? s'écria Simon Pierre.

– Avant longtemps tu sauras ce que je veux dire.

– Jamais je ne te trahirai, rabbi !

– Souviens-toi de tes paroles, le moment venu.

– Moi non plus, rabbi, je ne te trahirai jamais !

Jésus s'approcha de celui qui venait de parler, l'attira contre lui et lui dit d'une voix où perçait le chagrin :

– Oh, Judas... Judas, comme je te plains !... Entre tous les hommes, tu as été choisi pour que s'accomplissent les paroles des Écritures. Pour cela, tu seras haï des hommes pour les siècles des siècles. Mais moi, je ne te hais point. Je te plains de tout mon cœur, et je te pardonne. À l'heure de ta mort, je viendrai te prendre et te conduirai au Père et lui dirai : « Père, recevez-le comme votre enfant. Il a agi selon Votre volonté ; il serait injuste qu'il en soit puni pour l'éternité. »

– Rabbi, je ne comprends pas tes paroles. Mais je souffre en les entendant. Que dois-je accomplir de si terrible pour que les générations futures me haïssent ?

– Tu ne le sauras que trop tôt, car le moment vient où le Fils de l'homme doit rejoindre le Père.

– Avant de nous quitter, ne pourrais-tu demander à ton Père de libérer son peuple du joug de Rome ?

– Le temps n'est pas venu, Judas. La liberté peut être un poison pour un peuple qui n'est pas préparé à la recevoir.

– Comment peux-tu dire cela, rabbi ? Depuis des années, notre peuple vit sous l'occupation des Romains qui pillent nos récoltes, ne respectent pas notre Dieu, violent nos femmes et vivent dans le péché.

– Je sais tout cela, Judas, je le sais, mais avant d'être libéré, notre peuple doit faire pénitence.

– Il y a des années qu'il fait pénitence ! Nombreux sont les hommes qui sont prêts à se battre, à mourir pour leur liberté. Dis un mot et les épées sortiront de leur fourreau.

– Ce n'est pas par le glaive que vous recouvrerez votre liberté, mais par la prière et la pénitence.

– Prière, pénitence : tu n'as que ces mots à la bouche ! Je t'en supplie, ordonne et nous vaincrons ! s'écria Simon le Zélote.

– Pauvre fou, que fera une poignée d'insensés contre des soldats bien entraînés et bien armés ?

– Nous vaincrons parce que nous avons la foi et que notre cause est juste ! s'écria l'Iscariote.

– La justice n'est pas de ce monde... Judas, aurais-tu oublié les légions de Varus, gouverneur de Syrie, qui apportèrent leur aide aux troupes romaines débordées par les attaques des rebelles juifs ? Aurais-tu oublié que leur chef portait le même nom que toi ? Aurais-tu oublié que de nombreux rebelles furent capturés et traités avec la plus grande férocité ? Que deux mille d'entre eux furent crucifiés ?... Aurais-tu oublié que c'est à la suite de cette révolte avortée que la Judée et la Samarie furent placées sous la tutelle de Rome sur ordre de l'empereur Auguste ? Qu'il nomma Coponius procurateur avec les pleins pouvoirs ? Ce dont il usa et abusa.

Jésus laissa tomber son visage entre ses mains. Judas eut un élan vers lui, ému par sa détresse. Mais Jésus releva la tête, regarda droit devant lui et dit, comme se parlant à lui-même :

– J'étais encore un enfant : c'était après notre retour d'Égypte, presque toutes les familles pleuraient un crucifié, un prisonnier ou un disparu ; le chagrin des mères était intolérable. Avec les gamins de mon âge, nous jouions à combattre les Romains pour les chasser de notre pays, mais aucun d'entre nous ne voulait prendre le rôle du Romain ; nous tirions à la courte paille. Une fois, le sort voulut que je sois romain. Je fus un légionnaire impitoyable. Je fis de nombreux prisonniers que je condamnai à être crucifiés... Ce jeu m'a fait comprendre la cruelle logique des occupants et la non moins cruelle logique des résistants... La justice ne peut être laissée aux mains des hommes. L'histoire nous enseigne qu'ils en font un usage selon le besoin qu'ils en ont, et non selon l'équité. La justice est de Dieu et non pas de ce monde...

– Je le sais, tu ne cesses de le répéter. Cependant, le peuple élu est las d'être traité en esclave.

– De même que l'homme ne vit pas que de pain, il ne vit pas que de liberté. La liberté est un rude combat qui se livre dans le cœur de chacun d'entre nous. Une fois conquise, il faut la conserver. Crois-moi, Judas, la vraie liberté est celle du cœur et de l'esprit, l'autre vient en sus.

– Comment avoir la liberté du cœur et de l'esprit quand le corps est enchaîné ? Avec ou sans ton aide, nous combattrons...

– ... et vous serez vaincus !

Deborah avait suivi la conversation avec un intérêt manifeste.

– Rabbi, je suis de l'avis de Judas. Comment avoir la liberté de l'esprit sans celle du corps ? Mon père, qui est un homme sage, ne pense pas autrement. Souvent, il a regretté d'être un vieil homme que la faiblesse et l'âge laissaient désarmé, sans force pour combattre. Cependant, avec son argent il a aidé les insurgés, les a cachés quand ils étaient poursuivis. Mon cousin Philippe et moi, nous faisions le guet, l'avertissions quand on apercevait une patrouille romaine... Excuse-moi, je m'égare... Nous devons résister face à l'occupant, lui montrer que nous sommes un peuple fort et déterminé, afin qu'il nous respecte et nous rende nos droits.

– Comment pourrait-il nous respecter alors que, depuis des années, les Juifs collaborent avec lui ? fit remarquer Simon le Zélote.

– Ce temps-là est révolu, Deborah a raison. Nous devons combattre si nous voulons retrouver notre honneur ! s'écria Judas.

– Votre honneur, c'est d'obéir au commandement du Père : tu ne tueras point.

– Le Père n'a-t-Il pas tué ? Souvenez-vous du Déluge, de Sodome et Gomorrhe, des Égyptiens... N'a-t-Il pas dit : œil pour œil, dent pour dent, main pour main, pied pour pied, plaie pour plaie et, bien entendu, vie pour vie ?

– Tu t'égares, Deborah. Le Père a tué pour épargner les justes de Son peuple et les protéger.

– C'est maintenant à nous de protéger Son peuple et de lui rendre sa liberté.

– Et le sang du peuple juif coulera. Je ne puis me résoudre à cela !

Judas s'accroupit devant Jésus.

– Commençons par délivrer Jean le Baptiste des prisons d'Hérode.

– Oui, délivrons le Baptiste ! s'écria le Zélote.

– Oui, oui, délivrons le Baptiste ! répétèrent les disciples.

À ce moment-là, un jeune homme, parmi ceux qui suivaient Jésus, arriva en courant, le visage et les vêtements couverts de poussière ; il s'effondra devant Jésus.

– Qu'on lui donne à boire, ordonna ce dernier.

Marie s'approcha avec une cruche qu'elle porta aux lèvres de l'homme qui but avidement. Quand il se fut désaltéré, Jésus lui demanda :

– D'ou viens-tu ?

– De chez Hérode... Le Baptiste est mort, Hérode Antipas l'a fait assassiner !

Un lourd silence s'abattit sur l'assemblée.

– Parle ! ordonna Jésus d'une voix émue.

– Hérode ne pardonnait pas à Jean de lui avoir reproché d'avoir épousé Hérodiade, la femme de son frère Philippe. À cause de cela, Hérodiade cherchait le moyen de le faire mettre à mort. Mais Hérode avait peur de Jean et du peuple, car il savait que c'était un homme juste et saint. Une occasion se présenta lorsque Hérode donna un banquet à ses dignitaires, aux chefs de l'armée et aux notables de Galilée pour son anniversaire. La fille d'Hérodiade, la belle Salomé, entra et dansa devant le roi et ses convives. Elle plut tant à Hérode qu'il dit à la jeune fille : « Demande-moi ce que tu veux, je te le donnerai. » Et il lui fit ce serment : « Tout ce que tu me demanderas, je te le donnerai, même si c'est la moitié de mon royaume. » Elle s'inclina et sortit pour demander conseil à sa mère : « Que vais-je demander ? » Hérodiade lui répondit : « La tête de Jean le Baptiste. » La jeune fille retourna vers le roi et lui fit cette demande : « Je veux que tout de suite tu me donnes sur un plat la tête de Jean le Baptiste. » Le roi en fut vivement contrarié ; mais, à cause de son serment, il ne voulut pas lui opposer un refus. Il envoya un garde avec l'ordre d'apporter la tête de Jean. Le garde s'en alla et décapita le Baptiste dans sa prison, puis il apporta sa tête sur un plat qu'il tendit à la jeune fille, laquelle le remit à sa mère.

Jésus avait écouté le récit, le visage entre les mains. Quand il le releva, tous remarquèrent ses joues couvertes de larmes.

– Allez demander son corps à Hérode et déposez-le dans un tombeau, dit-il à deux de ses disciples qui partirent sur-le-champ.

Judas ne les accompagna pas. Après un instant de silence, il lança à Jésus qui gardait la tête baissée :

– Faudra-t-il laisser ce crime abominable impuni ?

Comme Jésus ne répondait pas, il insista :

– Rabbi, comment peux-tu laisser impunie la mort atroce de Jean ? Ce meurtre appelle vengeance.

Jésus leva lentement la tête et regarda son disciple avec tristesse.

– Crois-tu que cela le rendra à la vie ?

– Peut-être pas. Mais toi, rabbi, tu peux le ressusciter d'entre les morts.

– Je le peux, en effet. Mais cela ne doit pas être ; le temps n'est pas encore venu.

– Alors, nous, ses amis, nous allons le venger !

– La vengeance est mauvaise ; elle agit comme un poison et ne résout rien.

Simon le Zélote s'approcha de Jésus.

– Combien de temps encore allons-nous nous laisser égorger comme des bêtes ? Combien de temps encore allons-nous supporter la domination romaine ?

Jésus leva la main et dit :

– Ce ne sont pas les Romains qui ont mis le Baptiste à mort.

– Nous le savons ! Mais Hérode, l'Arabe, n'est-il pas à la solde des Romains ?

– Rendez à César ce qui est à César.

– Nous le lui rendrons au centuple, car il a perverti le cœur du roi. Pour cela, soulevons le peuple, prenons les armes, allons dans les casernes, les cantonnements, et tuons tous les Romains ! s'écria le Zélote.

– Vous n'en ferez rien. Je vous l'interdis. Ce n'est pas par les armes que vous vengerez notre ami, mais par le jeûne et la prière.

– Alors, nous laisserons ce crime impuni ? Nous laisserons le royaume d'Israël occupé par les Romains ?

– Le royaume de mon Père n'est pas de ce monde, dit Jésus en se levant.

Les disciples se levèrent à leur tour et se dispersèrent lentement. Jésus demeura seul.

Marie-Madeleine et Deborah étaient restées près de lui. Elles se regardèrent en se demandant : que pouvons-nous faire ? Aucune réponse ne leur venait. D'un commun accord, elles s'éloignèrent.

– Ne partez pas, ordonna Jésus.

Elles s'immobilisèrent, firent demi-tour et revinrent vers lui. Jésus était assis et leur fit signe d'approcher. Elles obéirent et s'installèrent à ses côtés.

– Bientôt, je ne serai plus là. Le temps est venu où je dois rejoindre le Père. Prenez garde que personne ne vous égare. Car beaucoup viendront sous mon nom en disant : « C'est moi, le Messie », et ils fourvoieront bien des gens. Vous allez entendre parler de guerres et de rumeurs de guerre. Attention ! Ne vous laissez pas effrayer, car il faut que cela arrive, mais ce n'est pas encore la fin. On se dressera nation contre nation, royaume contre royaume ; il y aura çà et là des famines et des tremblements de terre. On vous livrera aux tourments, on vous tuera, vous serez détestés de toutes les nations à cause de mon nom. Alors, beaucoup succomberont ; ils se livreront les uns les autres, se haïront les uns les autres. À cause de l'ampleur du mal, la charité de la plupart des hommes se refroidira. Mais celui qui aura persévéré jusqu'à la fin, celui-là sera sauvé. Aussitôt, après la détresse de ces jours-là, le soleil s'obscurcira et la lune perdra son éclat. Les étoiles tomberont du ciel et les puissances célestes seront ébranlées. Alors paraîtra dans le ciel le signe du Fils de l'homme ; alors toutes les tribus de la terre se frapperont la poitrine et verront le Fils de l'homme venir sur les nuées du ciel avec grande puissance et grande gloire. Le Ciel et la Terre passeront, mes paroles ne passeront jamais. Quant à ce jour et à cette heure, nul ne les connaît, pas même les anges des cieux, pas même le Fils, mais le Père seul. Veillez donc, car vous ne connaissez pas le jour où votre Seigneur viendra. Tenez-vous prêts : c'est à l'heure où vous n'y penserez pas que le Fils de l'homme viendra.

Jésus se tut.

Marie-Madeleine et Deborah le regardaient de leurs yeux écarquillés d'où s'échappaient des larmes amères.

– Femmes, ne pleurez pas, priez !

Il se leva et s'éloigna.

Elles restèrent longtemps immobiles et silencieuses, le cœur empli d'épouvante. Deborah parla la première :

– Mon âme est effrayée. Les armes des Romains sont moins cruelles que ses paroles. Qu'a-t-il voulu dire ?... Marie-Madeleine, un grand froid m'envahit : j'ai peur !

– Moi aussi, Deborah, j'ai peur. Pourquoi a-t-il attendu que nous soyons seules avec lui pour proférer ces terribles paroles ? Cherche-t-il à nous éprouver ? Ou nous met-il en garde pour que nous soyons prêtes, quand ces temps maudits arriveront ?

– Je ne sais pas... Oh, que j'ai froid !

Marie-Madeleine l'attira contre elle et la serra entre ses bras.

– N'aie pas peur. Je suis là, je vais te réchauffer.

Blottie contre elle, Deborah se sentait gagnée par une douce torpeur ; bientôt ses yeux se fermèrent et elle s'endormit.

C'est ainsi que Jésus les trouva. Il les regarda d'un air attendri.

– J'aime à vous voir ainsi unies, telles deux sœurs.

– Rabbi, tu nous as dit des choses qui nous ont atteintes au cœur. Deborah est bien jeune pour entendre de telles paroles, dit Marie-Madeleine.

– Valait-il mieux la laisser dans l'ignorance ?

– La connaissance du mal est-elle nécessaire ?

– Je le crois. J'ai soif, apporte-moi à boire.

– Oui, rabbi, répondit-elle en repoussant doucement la tête de sa compagne.

Elle s'éloigna d'un pas léger. Dans son sommeil, Deborah gémit. Jésus se pencha sur elle et remarqua que des larmes s'échappaient de ses yeux clos. Il posa la main sur son front et les larmes cessèrent aussitôt, tandis qu'un doux sourire éclairait son visage.

Marie-Madeleine revint avec un vase contenant de l'eau ; Jésus mit un doigt sur ses lèvres.

– J'ai chassé les mauvais songes qui l'assaillaient ; regarde comme elle a l'air heureux, maintenant ; laissons-la reposer. Viens, j'ai encore à te parler.

Ils s'éloignèrent silencieusement et s'assirent côte à côte.

– Bientôt, ainsi que je vous l'ai dit, je ne serai plus parmi vous, mais auprès de mon Père. Je te confie cette femme, aime-la comme ta fille. Traite-la comme telle et protège-la ; je te la confie, car je l'aime comme l'enfant de ma chair et de mon cœur.

– Rabbi, je ferai selon ton désir. Mais le temps de ton départ est-il si proche ?

– Oui. Tu seras témoin de bien des choses qui te feront douter de ma parole. Tu crieras ta douleur et ta haine. Ne te laisse pas submerger par elles. Souviens-toi de mes paroles d'amour et de paix ; elles t'aideront à surmonter ton chagrin et ta colère. Tu seras alors témoin de la résurrection du Fils de l'homme et tu la proclameras à la face du monde.

– Tu es le Fils de l'homme ?

– C'est toi qui le dis.

8

Depuis leur escapade au marché, Marie-Madeleine et Deborah discutaient souvent ensemble comme deux amies. Un jour, Deborah lui demanda :

– Comment as-tu rencontré Jésus ?

Marie-Madeleine la regarda longuement avant de répondre :

– C'est une longue et triste histoire... Mon père m'adorait presque autant qu'il adorait ma mère, la belle Eucharie. Il fut gouverneur de Syrie et, durant tout ce temps, ce ne furent que fêtes et festins. J'aimais les beaux vêtements, les tuniques brodées, les parfums dont j'inondais ma chevelure et mon corps, les bijoux d'or et de pierres précieuses ; mon père m'offrait tout cela. Il me donna les meilleurs professeurs de danse, de chant, mais il me fit aussi enseigner les Écritures et la poésie. J'aimais l'étude, mais j'aimais aussi séduire. C'est alors que je rencontrai un homme qui m'initia aux plaisirs du corps. Des gens de ses amis m'offrirent, en échange de mes caresses, les plus beaux bijoux, les soies les plus chères et les parfums les plus purs. À Magdalena où Théophile, mon père, possédait une somptueuse maison, il y avait un temple consacré à Cybèle. Un des prêtres de la déesse, un homme très séduisant, m'a admise au temple...

– Toi ? Une Juive !... La loi ne dit-elle pas : il n'y aura pas de prostituée sacrée parmi les filles d'Israël, et il n'y aura pas de prostitué sacré parmi les fils d'Israël ?

Marie-Madeleine ne tint pas compte de l'interruption et continua son récit à voix basse :

– C'est ce que disait mon père. Devant mon obstination, fou de colère, il m'a chassée malgré les supplications de ma mère, de mon frère Lazare et de ma sœur Marthe ; puis ma mère est morte de honte et de chagrin. En dépit de cela, je devins très vite la grande prêtresse du temple, et de très loin l'on m'apportait des offrandes. Cependant, peu à peu, je me lassai de cette vie, de ces hommes auxquels je me prostituais, heureuse de les avoir à ma merci et de tirer d'eux plaisir, bijoux et parfums. Un jour, j'appris qu'un pharisien avait invité Jésus à partager son repas avec lui. J'avais entendu parler de celui-ci, de ses paroles d'amour et de pardon : j'avais envie de le connaître. Je suis entrée dans la maison, portant un vase précieux empli de parfum. En larmes, je me tenais derrière Jésus et me jetai à ses pieds que j'essuyai avec mes cheveux en y versant le parfum. Je les baisai avec amour. Voyant cela, le pharisien se dit en lui-même : « Si cet homme était prophète, il saurait que cette femme qui le touche est une pécheresse. » Alors Jésus, lisant dans ses pensées, prit la parole :

« – Simon, j'ai quelque chose à te dire.

« – Parle, maître, répondit-il.

« Jésus reprit :

« – Un créancier avait deux débiteurs ; le premier lui devait cinq cents pièces d'argent, l'autre cinquante. Comme ni l'un ni l'autre ne pouvait rembourser, il remit à tous les deux leur dette. Lequel des deux l'aimera davantage ?

« Simon répondit :

« – Celui à qui il a remis le plus, il me semble.

« – Tu as raison, lui dit Jésus.

« Puis se tournant vers moi, mais parlant à Simon, il ajouta :

« – Tu vois cette femme ? Je suis entré chez toi et tu ne m'as pas versé d'eau sur les pieds ; elle, elle les a mouillés de ses larmes et essuyés avec ses cheveux. Tu ne m'as pas embrassé ; elle, depuis son entrée, n'a pas cessé d'embrasser mes pieds. Tu ne m'as pas versé de parfum sur la tête ; elle m'a versé un parfum précieux sur les pieds. Je te le dis : si ses péchés, ses nombreux péchés, sont pardonnés c'est à cause de son grand amour. Mais celui à qui on pardonne peu, montre peu d'amour.

« Puis il s'adressa à moi :

« – Tes péchés te sont pardonnés.

« Les invités se disaient : "Qui est cet homme qui va jusqu'à pardonner les péchés ?" Jésus me dit alors :

« – Ta foi t'a sauvée. Va en paix !

« Je partis en louant le Seigneur, bien décidée à rompre avec ma vie de débauche. Je m'enfuis du temple de Cybèle. J'avais entendu dire qu'un prophète chassait les démons ; je résolus de partir à sa recherche. Mes pas m'ont menée au bord du lac où Jean le Baptiste baptisait. Quand il m'a vue, il m'a interpellée :

« – Viens, approche-toi.

« J'ai fendu la foule et me suis avancée dans l'eau où Jean m'a plongée. C'est à ce moment-là que j'ai revu Jésus. Il venait vers nous. Son beau visage irradiait. Il a demandé à Jean de le baptiser, mais celui-ci refusait. Devant son insistance, il s'est exécuté. Après son baptême, Jésus est remonté sur la rive. Je l'ai suivi. À quelques pas de là, je me suis jetée à ses genoux :

« – Pardonne-moi, lui ai-je crié, chasse de moi ces démons qui me tourmentent et m'éloignent du Dieu d'Israël !

« À ces paroles, j'ai été jetée à terre, poussant des cris et hurlant des blasphèmes. Je me tordais sur le sol, en proie à des douleurs comme en ressentent les femmes en couches. Il me semblait qu'une main de fer m'arrachait les entrailles ; par sept fois je fus jetée à terre ; par sept fois j'ai senti sortir de moi mes démons. Je restai inanimée quelques instants à ses pieds. Quand j'eus repris mes esprits, il me regardait avec une telle douceur que j'éclatai en sanglots ; il me dit :

« – Va, comme je te l'ai dit chez le pharisien, tes péchés te sont pardonnés.

« À ce moment-là, j'ai senti une grande joie m'envahir tandis que des larmes de repentir coulaient sur mes joues. Je me suis relevée. J'allais partir, quand Jésus m'a dit :

« – Va dans la maison où demeurent ton frère et ta sœur. Demande-leur en mon nom de te pardonner.

« Je fis ce qu'il m'avait dit. Marthe, ma sœur, me reçut avec une tendresse qui me combla de honte et de bonheur tout à la fois ; mon frère Lazare se montra plus distant, jusqu'à ce que je lui dise que Jésus, lui, m'avait pardonné. Alors, avec des pleurs, il me donna sa bénédiction. Je restai quelques jours auprès d'eux jusqu'à ce matin où il me sembla qu'une voix me disait : "Rejoins Jésus." Après avoir averti mon frère et ma sœur, je partis sur-le-champ. Ils me serrèrent dans leurs bras et nous nous quittâmes après nous être promis de nous revoir bientôt. Quand j'arrivai près de Jésus, je me jetai à ses pieds et lui dis :

« – Me voici, rabbi.

« – C'est bien, me répondit-il en me relevant. Sois un de mes disciples.

« – Je ne suis pas digne de te servir, lui dis-je en pleurant.

« – Plus que tu ne le crois, me répondit-il.

« Depuis, je ne l'ai plus quitté, apprenant chaque jour davantage à l'aimer.

– L'aimes-tu de la même manière que les hommes que tu aimais avant ?

– Aucun amour ne peut être comparable à celui que j'éprouve pour Jésus ! s'emporta-t-elle.

– Je comprends.

– Non, tu ne peux pas comprendre. Que sais-tu des choses de l'amour, toi qui, bien que mariée, es toujours vierge ?

– Comment sais-tu cela ? répliqua Deborah en rougissant.

– Cela se voit !

– Cela se voit ?

– Oui, cela se voit ! Quand nous nous donnons à un homme, tout notre corps, notre esprit sont modifiés.

J'aime Jésus de tout mon corps, de toute mon âme, et je sais qu'il m'aime aussi...

Elle se tut un instant avant d'ajouter dans un sanglot :

– ... et qu'il ne sera jamais mon époux.

Deborah n'osait lever les yeux sur elle. Marie-Madeleine lui lança un long regard, puis se leva lourdement. La jeune fille la vit s'éloigner et resta longtemps songeuse. Dans son esprit régnait la plus grande confusion. Quoi, se disait-elle, comment une prostituée peut-elle devenir disciple de Jésus ? Voire son épouse ? Comment cela était-il possible ? Marie, peut-être, pourrait lui donner une explication. Elle se leva à son tour et alla trouver la mère de Jésus qui filait à l'ombre d'un arbre.

– Marie, puis-je te poser une question ?

– Bien sûr, mon enfant.

– J'ai parlé à Marie-Madeleine. Ce qu'elle m'a dit m'a troublée au-delà de tout.

– Que t'a-t-elle dit ?

Deborah hésita.

– Parle ! Ne crains rien.

– Est-ce vrai qu'elle a été prostituée ?

Marie la regarda attentivement puis demanda :

– C'est elle qui te l'a dit ?

– Oui.

– C'est la vérité.

– Je ne comprends pas.

– Qu'est-ce que tu ne comprends pas ?

– Comment ton fils peut-il la recevoir à l'égal de ses disciples ?

– Ne sommes-nous pas tous des pécheurs ?

– Oui, mais là...

– Est-il pire d'être prostitué que meurtrier ?

– Je ne sais pas... Il me semble...

– Ce qui compte, c'est la sincérité du cœur, c'est la haine de ses péchés, c'est un repentir sincère.

Deborah resta silencieuse. Marie continua :

– Mon fils connaît le cœur de chacun d'entre nous. Il a lu dans celui de Marie-Madeleine, tout comme il a lu dans le tien, et lui a pardonné en son nom et en Celui du Père.

– Je te remercie, Marie.

– Va en paix, mon enfant.

Deborah se releva, fit quelques pas puis revint vers Marie :

– Ils sont épris l'un de l'autre, n'est-ce pas ?

Marie se contenta de sourire. Deborah la quitta, songeuse.

Le soleil se couchait. Demain, il se lèverait et un nouveau jour recommencerait, puis il se coucherait et la nuit reviendrait. Il en serait ainsi jusqu'à la fin des temps.

« Et si un jour le soleil ne se levait pas ? se disait Deborah. Est-ce que toute vie disparaîtrait de la terre ? Est-ce que ce temps-là est venu ? »

9

Jésus et ses disciples étaient sur les bords du lac de Tibériade, escortés par une grande foule.

– Où pourrions-nous acheter du pain pour qu'ils aient à manger ? demanda Jésus à Philippe.

– Le salaire de deux cents journées ne suffirait pas pour que chacun en ait un petit morceau, répondit-il.

André, le frère de Simon Pierre, avait entendu la question de Jésus, et lui dit :

– Il y a là un jeune garçon qui a cinq pains d'orge et deux poissons, mais qu'est-ce que cela pour tant de monde ?

– Faites-les asseoir, dit Jésus.

Il y avait beaucoup d'herbe à cet endroit. Ils s'assirent ; ils étaient environ cinq mille.

Alors Jésus prit les pains et, après avoir rendu grâces, les leur distribua ; il leur donna aussi du poisson autant qu'ils en voulaient. Quand ils eurent mangé à leur faim, Jésus dit à ses disciples :

– Ramassez les morceaux qui restent, afin que rien ne soit perdu.

Ils les ramassèrent et ils emplirent douze paniers avec les morceaux qui restaient des cinq pains d'orge, qui furent distribués aux pauvres. Après le repas, les gens disaient, émerveillés :

– C'est vraiment lui, le grand Prophète, celui qui vient dans le monde.

Mais Jésus savait qu'ils étaient sur le point de venir le prendre de force et faire de lui leur roi ; alors il se retira à l'écart.

Le soir venu, les disciples descendirent au bord du lac et s'embarquèrent pour se rendre à Capharnaüm, sur l'autre rive. Déjà il faisait nuit et Jésus monta avec eux dans la barque, puis s'endormit.

Les disciples avaient ramé pendant environ cinq mille mètres quand un vent violent se mit à souffler, et le lac devint houleux. La tempête grandissait de minute en minute ; ils étaient submergés et en grand péril.

Simon Pierre secoua Jésus en disant :

– Maître, maître, nous sommes perdus !

Jésus se réveilla.

– Ayez confiance ! N'ayez pas peur !

Jésus se leva et ordonna aux vents de s'éloigner ; aussitôt la tempête se calma. Alors Jésus leur dit :

– Où est donc votre foi ?

Ils se regardaient, pensant : « Qui est-il donc ? Car il commande même aux vents et aux flots, et ceux-ci lui obéissent ! »

Ils abordèrent au pays des Géraséniens, qui est en face de la Galilée. Comme Jésus descendait à terre, un homme de la ville, qui était possédé par des démons, sortit à sa rencontre : il était nu et n'habitait pas dans une maison, mais dans les tombeaux. Voyant Jésus, il poussa de grands cris, tomba à ses pieds et dit d'une voix forte :

– Que me veux-tu, Jésus, Fils du Dieu Très Haut ? Je t'en prie, ne me fais pas souffrir !

Jésus commanda aux esprits mauvais de sortir de son corps.

– Quel est ton nom ? lui demanda-t-il.

– Légion ! répondit l'homme, car beaucoup de démons étaient entrés en lui et ces démons suppliaient Jésus de ne pas leur ordonner de se jeter dans l'abîme.

Il y avait là un important troupeau de porcs qui cherchaient leur nourriture sur la colline. Les démons prièrent Jésus de leur permettre d'entrer dans les porcs, et il le leur permit. Les démons sortirent alors de l'homme et entrèrent dans les porcs. Du haut de la falaise, le troupeau se précipita dans le lac et il s'y étouffa. Les gardiens, voyant cela, prirent la fuite et annoncèrent la nouvelle dans la ville et dans la campagne, et les gens sortirent pour voir ce qui s'était passé. Arrivés près de Jésus, ils trouvèrent à ses pieds l'homme que les démons avaient quitté, habillé et devenu raisonnable, et ils furent saisis de crainte. Les témoins leur annoncèrent comment le possédé avait été sauvé. Alors la population demanda à Jésus de quitter son territoire.

Jésus remonta dans la barque et s'en retourna. L'homme que les démons avaient fui lui demanda :

– Seigneur, garde-moi auprès de toi.

Mais Jésus le renvoya en disant :

– Retourne chez toi, et raconte tout ce que Dieu a fait pour toi.

L'homme obéit, proclamant dans toute la ville ce que Jésus avait fait pour lui.

Jésus convoqua les Douze et leur donna pouvoir et autorité pour dominer tous les esprits mauvais et guérir les malades en proclamant le règne de Dieu. Il leur dit :

– N'emportez rien pour la route, ni bâton, ni sac, ni pain, ni argent ; n'ayez pas de tunique de rechange. Si vous trouvez l'hospitalité dans une maison, restez-y : c'est de là que vous repartirez. Et si les gens refusent de vous accueillir, sortez de la ville en secouant la poussière de vos pieds : ce sera pour eux un témoignage.

Ils partirent, allant de village en village, annonçant la Bonne Nouvelle et faisant partout des guérisons.

Malgré tous les signes qu'avait accomplis devant eux Jésus, les prêtres ne croyaient pas en lui. Ainsi se réalisait la parole du prophète Isaïe : « Seigneur, qui a cru ce que nous avons entendu ? À qui la puissance du Seigneur a-t-elle été révélée ? » Ils ne pouvaient pas croire, car Isaïe avait dit encore : « Il a rendu aveugles leurs yeux, il a endurci leur cœur pour empêcher leurs yeux de voir, pour empêcher leur cœur de comprendre ; sinon, ils se tourneraient vers moi et je les guérirais. »

Cependant, parmi les chefs du peuple, beaucoup se mirent à croire en lui ; mais, à cause des pharisiens, ils ne le déclarèrent pas, pour ne pas se faire exclure de la synagogue, car ils aimaient la gloire qui vient des hommes plus que celle qui vient de Dieu.

Jésus, lui, affirmait avec force :

– Celui qui croit en moi, ce n'est pas en moi qu'il croit, mais en Celui qui m'a envoyé. Moi qui suis la lumière, je suis venu dans le monde pour que celui qui croit en moi ne demeure pas dans les ténèbres. Si quelqu'un entend mes paroles et n'y reste pas fidèle, moi, je ne le jugerai pas, car je ne suis pas venu juger le monde, mais le sauver. Celui qui me rejette et n'accueille pas mes paroles aura un juge pour le condamner. Car ce que j'ai dit ne vient pas de moi mais du Père lui-même, qui m'a envoyé.

Apprenant la renommée de Jésus, Hérode, prince de Galilée, dit à ses serviteurs :

– Cet homme, c'est Jean le Baptiste, il est ressuscité d'entre les morts et voilà pourquoi il a le pouvoir de faire des miracles.

Jésus s'éloigna alors de cette région.

10

Depuis plusieurs nuits, le sommeil fuyait Deborah. Couchée entre Marie et Marie-Madeleine, elle se tournait et se retournait, au grand agacement de cette dernière.

– Arrête de remuer ainsi, on te dirait habitée par une colonie de puces !

– Excuse-moi, de mauvais songes envahissent mon esprit et m'empêchent de dormir.

Une nuit plus agitée que les autres, Marie-Madeleine, excédée, chassa Deborah.

La jeune femme fit quelques pas dans l'obscurité et alla s'adosser contre le tronc d'un olivier. Elle ne remarqua pas, tant la nuit était sombre, que Judas s'y trouvait aussi. Enroulée dans sa couverture, elle regardait le ciel étoilé à travers les branches, priant que le sommeil lui fermât les yeux. Elle soupira avec un léger sanglot. Comme tout était calme ! On n'entendait que le chant des cigales. Une pierre roula. Apeurée, elle se redressa.

– N'aie pas peur, dit une voix qu'elle reconnut. C'est moi, Judas.

– Que fais-tu ici ?

– J’y étais avant toi.

– Pourquoi n’as-tu pas manifesté ta présence ?

– Je n’y ai pas pensé.

Ils se turent quelques instants.

– Toi aussi, tu recherches la solitude ? demanda Judas.

– Non. Je cherche le sommeil.

– Comme moi, mais je ne le trouve pas, même après avoir bu du vin.

– Sais-tu pourquoi tu ne dors pas ?

– Oui, je le sais... Mais, que je le sache ou non, cela n’y change rien. Et toi, sais-tu pourquoi tu ne dors pas ?

– Je pense que c’est à cause de mon mari et de mon père. J’ai peur qu’ils me retrouvent et me ramènent de force. Si cela était, j’en mourrais !

– Moi, c’est à cause de Jésus qui n’a pas le courage de se dresser contre l’occupant romain. Lui et lui seul pourrait soulever le peuple juif et le conduire à la victoire. Nous le nommerions alors roi d’Israël...

– Mais il ne veut pas être roi !

– Je sais ! Selon lui, son royaume n’est pas de ce monde... Mais nous, c’est dans ce monde que nous vivons ! Nous penserons au royaume des cieux quand le royaume terrestre sera libéré ! Je suis prêt à donner ma vie pour la libération d’Israël.

– Moi aussi. Mais, comme Jésus, je pense que nous serons battus et que le sort de notre peuple risque d’être encore plus douloureux que celui qu’il connaît.

– Peut-être. Cependant, ce n’est pas une raison pour ne pas entreprendre ce combat. Certains, parmi nos amis, sont prêts à se joindre à nous. Même Jean, le doux Jean, ne supporte plus les humiliations répétées que nous subissons. Simon le Zélote m'a assuré qu'à notre appel c'est plus de mille partisans de la liberté qui se joindraient à nous.

– Il nous faudrait des armes.

– Ce n'est pas un problème. Nous en avons dissimulé dans des maisons amies. Quand le moment sera venu, nous en prendrons livraison.

– Ne crains-tu pas que l'on arrête Jésus si les Romains ou les Juifs apprennent ce que nous fomentons ?

– Qui le leur dirait ? Toi ?

– Non, car je pense comme toi, mais ni Pierre ni Matthieu ni Marc ne pensent comme nous.

– Ils se joindront à nous, le moment venu ; notre cause est juste et c'est aussi la leur.

– Je voudrais avoir ta confiance... Que fais-tu de Marie-Madeleine et de la mère de Jésus ?

– Elles ne doivent être au courant de rien.

– J'ai l'impression de les trahir.

– Non. C'est le peuple d'Israël que tu trahirais si tu parlais. Essaie de dormir. Les journées qui viennent seront longues et décisives. Dors, je veille.

Deborah s'allongea, tournant le dos à Judas. Bientôt son souffle devint régulier.

Le lendemain, Marthe, la sœur de Marie-Madeleine, arriva de Béthanie au campement et se jeta essoufflée aux pieds de Jésus.

– Maître !... Notre frère Lazare, celui que tu aimes tant, est malade.

– Cette maladie ne conduit pas à la mort, elle est pour la gloire de Dieu afin que, par elle, le Fils soit glorifié.

– Je ne comprends pas ! Je t'en prie, Seigneur, viens auprès de mon frère.

Jésus ne répondit pas. Triste et déçue, Marthe repartit pour Béthanie, qui n'était qu'à une demi-heure de Jérusalem, accompagnée de Marie-Madeleine.

Jésus aimait Marthe et sa sœur, ainsi que Lazare. Cependant, il demeura deux jours à l'endroit où il se trouvait ; alors seulement il dit aux disciples :

– Revenons en Judée.

Les disciples lui dirent :

– Rabbi, tout récemment, les Juifs cherchaient à te lapider, et tu retournes là-bas ?

– Lazare, notre ami, s'est endormi ; mais je m'en vais le tirer de ce sommeil.

– Seigneur, s'il s'est endormi, il sera sauvé.

Voyant qu'ils n'avaient pas compris qu'il parlait de la mort et non du sommeil, Jésus leur dit clairement :

– Lazare est mort, et je me réjouis de n'avoir pas été là, à cause de vous, pour que vous croyiez. Mais allons auprès de lui.

Thomas dit alors aux disciples :

– Allons-y nous aussi, pour mourir avec lui.

Quand Jésus arriva à Béthanie, Lazare était au tombeau depuis quatre jours déjà. Sa maison était pleine de voisins et d'amis venus manifester leur sympathie aux deux sœurs. Marthe, apprenant l'arrivée de Jésus, vint à sa rencontre.

– Seigneur, si tu avais été là, mon frère ne serait pas mort. Mais je sais que maintenant encore, Dieu t'accordera tout ce que tu Lui demanderas, lui dit-elle.

– Ton frère ressuscitera, répondit Jésus.

Marthe répondit avec un haussement d'épaules :

– Je sais qu'il ressuscitera au dernier jour.

– Je suis la résurrection et la vie. Celui qui croit en moi, même s'il meurt, vivra, et tout homme qui vit et qui croit en moi ne mourra jamais. Crois-tu cela ?

– Oui, Seigneur, tu es le Messie, je le crois ; tu es le Fils de Dieu, celui qui vient dans le monde.

– Va quérir ta sœur.

Marthe quitta Jésus. Elle s'en fut chercher Marie-Madeleine et lui dit à voix basse :

– Le maître est là, il t'appelle.

Marie-Madeleine se leva aussitôt et sortit de la maison, suivie de Marthe. Pensant qu'elles allaient au tombeau pour y pleurer, ceux qui étaient présents les suivirent jusqu'à l'endroit où était Jésus. Dès qu'elle le vit, Marie-Madeleine se jeta à ses pieds en pleurant.

– Seigneur, si tu avais été là, mon frère ne serait pas mort.

Voyant ses larmes, les Juifs qui l'avaient accompagnée pleurèrent à leur tour.

Jésus les regardait, ému. Il demanda :

– Où l'avez-vous déposé ?

– Viens voir, Seigneur.

Jésus les suivit et pleura.

« Comme il l'aimait ! » se disaient les Juifs.

La petite foule arriva au tombeau, une grotte fermée par une pierre.

– Enlevez la pierre, ordonna Jésus.

– Mais, Seigneur, s'écria Marthe, il sent déjà ; voilà quatre jours qu'il est là !

– Ne te l'ai-je pas dit ? Si tu crois, tu verras la gloire de Dieu.

On roula la pierre. Jésus leva les yeux au ciel et dit :

– Père, je Te rends grâces parce que Tu m'as exaucé. Je savais bien, moi, que Tu m'exauces toujours ; mais si j'ai parlé, c'est pour cette foule qui est autour de moi, afin qu'ils croient que Tu m'as envoyé.

Puis, portant ses regards vers l'intérieur de la grotte, il cria d'une voix forte :

– Lazare, viens dehors !

Marie-Madeleine, Marthe et ceux qui les avaient suivis tombèrent à genoux, pleurant et tremblant de peur. Peur qui se transforma en terreur quand tous virent le mort s'avancer, les pieds et les mains attachés, le visage enveloppé d'un suaire.

– Déliez-le et laissez-le aller, dit Jésus.

Simon Pierre, Matthieu et Luc retirèrent les linges, sans cacher leur répugnance.

Quand le corps fut débarrassé de ses liens, Lazare rouvrit les yeux.

– La paix soit avec toi, dit Jésus en embrassant son ami.

La foule, témoin de la résurrection, cria :

– Alléluia ! Alléluia au plus haut des cieux !

Josué, le fils de Pierre, prit la main de Jésus et la porta à ses lèvres.

– Rabbi, tu as ressuscité Lazare, mais le voulait-il ?

Jésus regarda longuement l'enfant, s'accroupit pour être à sa hauteur et lui demanda :

– Si tu étais mort, ne voudrais-tu pas que je te rappelle à la vie ?

– Sans doute, mais si j'étais déjà dans le Royaume des Cieux, cela me dérangerait.

– Pourquoi ?

– Parce que je ne verrais plus le Père et les anges.

– C'est une bonne raison, répondit Jésus ; cependant, rassure-toi, Lazare n'était pas encore au Paradis.

– Alors, tu as bien fait, dit l'enfant en l'embrassant.

De nombreux Juifs, témoins de la résurrection de Lazare, allèrent trouver les pharisiens pour leur raconter ce qu'ils avaient vu. Caïphe, le grand prêtre de cette année-là, convoqua le Grand Conseil.

– Qu'allons-nous faire ? dirent les prêtres et les pharisiens. Cet homme accomplit un grand nombre de signes. Si nous continuons à le laisser agir, tout le monde va croire en lui, et les Romains viendront détruire notre Lieu saint et notre nation.

Caïphe se leva et leur dit :

– Vous n'y comprenez rien ; vous ne voyez pas quel est votre intérêt : il vaut mieux qu'un seul homme meure pour le peuple, et que l'ensemble de la nation ne périsse pas.

– Le grand prêtre a raison, se dirent les pharisiens et les scribes.

– À mort, Jésus ! cria l'un d'eux.

– À mort ! répéta l'assemblée.

Jean, qui se trouvait là, quitta le Temple, effrayé par ce qu'il avait entendu. Il rejoignit en courant Jésus et les disciples et leur fit part de ce dont il avait été témoin. Alors Jésus décida de se retirer dans une région proche du désert, dans la ville d'Ephraïm où ils séjournèrent.

À quelque temps de là, six jours avant la Pâque, Jésus revint à Béthanie visiter Lazare. Ce dernier donna un repas en son honneur. Marthe, sa sœur, faisait le service. Marie-Madeleine, qui s'était absentée, revint avec une livre de parfum très pur, de très grande valeur. Elle s'approcha de Jésus, s'agenouilla et versa le parfum sur les pieds de leur hôte, qu'elle essuya avec ses cheveux ; la maison fut emplie de l'odeur du parfum.

– C'est le parfum qu'elle a acheté au marché, chuchota Deborah à l'oreille de Jeanne.

Celle-ci lui fit signe de se taire. Judas l'Iscariote s'indigna :

– Pourquoi n'a-t-on pas vendu ce parfum pour trois cents pièces d'argent, que l'on aurait données aux pauvres ?

Judas connaissait le prix de toutes choses, car il tenait la bourse commune.

– Laisse-la, rétorqua Jésus. Fallait-il qu'elle garde ce parfum pour le jour de mon ensevelissement ? Des pauvres, vous en aurez toujours avec vous, mais moi, vous ne m'aurez pas toujours.

Marie-Madeleine, toujours à ses pieds, ses longs cheveux défaits, se redressa en s'écriant :

– Seigneur, cesse de parler de ton départ ! Je frissonne de peur quand tu dis cela. Nous avons besoin de toi, de tes paroles pour nous guider vers Dieu.

– Il faudra pourtant que vous vous habituiez à vivre sans moi, du moins sans ma présence physique, car je serai, quoique invisible, toujours auprès de vous.

Les voisins, ayant appris la présence de Jésus dans la demeure de Lazare, s'y rendirent en nombre pour le voir, ce qui déplut fortement aux autorités religieuses qui décidèrent alors de faire mourir et Jésus et Lazare, causes, selon elles, de tout ce désordre, car beaucoup de Juifs croyaient désormais en l'un, suite à la résurrection de l'autre.

11

Un matin, une grande agitation régnait dans le campement. Deborah sortit de sa tente.

– Que se passe-t-il ? demanda-t-elle à Jean.

Comme Jean ne répondait pas et continuait son chemin, elle le retint par la manche et insista :

– Réponds-moi : que se passe-t-il ? Pourquoi tes yeux sont-ils rougis par les larmes ?

– Laisse ! cria-t-il en tentant de se dégager.

Mais Deborah ne lâcha pas sa prise.

– Parle... Est-il arrivé quelque chose à l'un d'entre nous ?... Jésus ! Il lui est arrivé malheur !

– Ah, te voilà ! Nous te cherchions partout, le maître te demande, dit Marc à Deborah.

Avant de rejoindre Jésus, elle se retira sous la tente pour faire ses ablutions matinales et coiffer ses cheveux. Marie-Madeleine y entra à son tour.

– Vite, dépêche-toi, Jésus te demande.

– Sais-tu pourquoi ?

Marie-Madeleine jeta un regard de pitié à sa compagne.

– Il te le dira lui-même. Viens.

Vaguement inquiète, Deborah la suivit.

Jésus était assis sur un muret, entouré de ses disciples. Deux hommes se tenaient debout devant lui. Deborah s'arrêta : non, ce n'était pas possible ! Ils n'étaient pas venus la chercher jusque-là ?

– Pourquoi t'arrêtes-tu ? demanda Marie-Madeleine.

– Ces hommes...

– Quels hommes ?

– On dirait mon père et mon mari.

– Ce sont bien eux.

– Que veulent-ils ?

– Comme si tu ne le savais pas ! Ils veulent que tu rentres chez ton mari.

– Jamais !

Comme elle tentait de s'enfuir, Marie-Madeleine lui prit le bras et la tira jusqu'à Jésus.

– Viens, Deborah, ne crains rien, dit celui-ci.

Sans répondre, elle resta tête baissée au milieu d'eux. « Comme le jour où ils ont voulu me lapider », pensa-t-elle avec un sanglot.

– Ma fille ! s'écria le scribe Jérémie.

– Mon père ! répondit-elle en se jetant à ses pieds.

Doucement le vieil homme la releva et la tint longuement serrée contre lui. En pleurant, il disait :

– Lumière de mes yeux, je t'ai crue morte !

– Nous t'avons cherchée pendant de longs jours, précisa Joseph, son mari.

Deborah se dégagea de l'étreinte de son père.

– Pourquoi me cherchiez-vous ? Ne m'aviez-vous pas reniée ? Ne vouliez-vous pas me voir lapider ? s'exclama-t-elle avec colère.

– Nous ne savions pas.

– Vous ne saviez pas quoi ?

– Que tu n'étais pas adultère.

Il y eut dans l'assistance un long frémissement. Deborah regarda les deux vieillards avec mépris puis, d'une voix dédaigneuse, dit en désignant Jésus :

– Lui le savait.

Jérémie s'approcha d'elle.

– Pardonne-moi, dit-il d'une voix hésitante, reviens à la maison.

– Non ! fit-elle de la tête. Comment savez-vous que je n'ai pas été infidèle ? s'entendit-elle demander.

– C'est ma sœur Suzanne qui nous a ouvert les yeux. Le lendemain de ta disparition, son fils, mon neveu Philippe, est revenu dans la maison de sa mère et lui a juré qu'il ne t'avait pas touchée, que vous aviez dormi l'un auprès de l'autre comme un frère et une sœur. Nous l'avons fait appeler et, devant nous, il a renouvelé son serment.

– Moi aussi, je vous avais juré qu'il n'était pas mon amant, mais vous avez refusé de me croire, parce que je suis une femme. Pourtant, père, ne m'as-tu pas toujours dit que l'homme et la femme étaient égaux devant Dieu ?

– Oui, ma fille, mais devant l'opinion publique qui t'accusait, je n'ai pas eu le courage de te défendre.

– Les apparences étaient contre toi, précisa Joseph sans oser la regarder.

– Les apparences ! Les apparences !... Lui, Jésus, n'a pas cru aux apparences ! Il m'a accueillie près de lui. Sa mère m'a donné sa meilleure robe, elle a lavé mes cheveux. Ses amis m'ont nourrie, consolée. Des étrangers m'ont fait confiance, quand mon père et mon époux me refusaient la leur !

Elle leur tourna le dos pour cacher ses larmes. Marie s'approcha d'elle.

– Mon petit enfant, écoute les paroles d'une mère : ton père et ton mari ont eu tort, ils le reconnaissent et désirent que tu leur pardonnes et que tu retournes auprès d'eux.

– Jamais !... Je vous en supplie, gardez-moi auprès de vous !

– Ma fille, la Loi te commande de rentrer sous le toit de ton mari.

– Je préférerais être morte !

Un murmure de désapprobation parcourut l'assistance.

Jésus se leva et dit :

– Pour me suivre, l'époux quittera sa femme, le fils, sa mère. Malheureux, êtes-vous scribes et pharisiens hypocrites, pour fermer à clé le Royaume des Cieux devant les hommes ? Vous-mêmes n'y entrez pas, et ceux qui essaient d'y entrer, vous ne le leur permettez pas ! Malheureux, vous ressemblez à des tombeaux blanchis à la chaux : à l'extérieur, ils ont une belle apparence, mais l'intérieur en est rempli d'ossements et de toutes sortes de choses impures. C'est ainsi que vous, à l'extérieur, vous avez pour les gens l'apparence d'hommes justes, mais, à l'intérieur, vous êtes pleins d'hypocrisie et de mal.

Les deux vieillards faisaient pitié à voir : ils se tenaient tête baissée, comme devant un juge, tels des coupables. Jésus se tourna vers Deborah :

– Tu as entendu la demande de ton mari et de ton père : que leur réponds-tu ?

– Je n'ai plus ni mari ni père, je n'ai que toi, Seigneur. En toi je mets toute ma confiance et tout mon amour.

– Sais-tu bien ce que tu fais ? Je ne peux t'apporter que souffrances et larmes.

– Venant de toi, Seigneur, elles seront bénies.

Jésus se tourna vers les vieillards et leur dit :

– Vous avez entendu la réponse de Deborah. Eh bien, moi, je vous le dis : demandez, et vous obtiendrez ; cherchez, et vous trouverez ; frappez, la porte vous sera ouverte. Celui qui demande, reçoit ; celui qui cherche, trouve. Allez en paix !

Jérémie ne cherchait pas à cacher ses larmes ; il tendit une lourde bourse à sa fille qui la repoussa.

– Prends, mon enfant. Ce n'est pas pour toi, mais pour tes compagnons ; je n'ai plus besoin de cet argent.

Deborah prit la bourse qu'elle remit à Marie.

Alors Jérémie saisit le bras de son ami et l'entraîna à sa suite. Joseph le suivit d'un pas chancelant. Son visage exprimait une immense stupeur. Tous les regardèrent s'éloigner avec des sentiments divers. Marie se tourna vers son fils :

– Que vont-ils devenir ? murmura-t-elle comme se parlant à elle-même.

– Prie pour eux, ma mère, qu'ils se repentent d'avoir agi inconsidérément et demandent au Père de leur pardonner leur injustice. Quant à toi, Deborah, pardonne-leur le mal qu'ils t'ont fait, et prie.

– Seigneur, je leur pardonne, puisque tu le demandes. Apprends-nous à prier le Père.

Tous se rapprochèrent alors de Jésus et dirent :

– Oui, Seigneur, apprends-nous à prier le Père.

Ils s'agenouillèrent. Jésus était debout face à eux ; comme il semblait grand ! Son visage illuminé apparaissait tout autre, ses vêtements d'une blancheur éclatante resplendissaient ; de ses yeux jaillissait une lumière dont la clarté leur était insoutenable. Ils baissèrent la tête. D'une voix à la fois douce et forte, il leur dit :

– Quand vous priez, dites : « Père, que Ton nom soit sanctifié, que Ton règne vienne. Donne-nous le pain dont nous avons besoin chaque jour. Pardonne-nous nos péchés, car nous-mêmes nous pardonnons à tous ceux qui ont des torts envers nous. Et ne nous soumets pas à la tentation, mais délivre-nous de tout mal. »

Chacun des mots s'inscrivit dans le cœur de ceux qui les entendaient.

Jérémie et Joseph les entendirent eux aussi et sentirent une grande paix se répandre dans leur cœur. Ils se redressèrent alors et marchèrent d'un pas ferme en louant Dieu.

Marie-Madeleine s'approcha de Deborah :

– Te voici libre, maintenant. Que vas-tu faire ?

– Si le maître le permet, je resterai parmi vous. S'il le veut, je serai sa servante, la tienne aussi.

Marie-Madeleine éclata de rire.

– Eh bien, jolie servante, va chercher de l'eau !

– Bien, maîtresse, répondit-elle en riant aussi.

Après son départ, les disciples se rassemblèrent, évoquant ce dont ils avaient été les témoins.

– Le maître a eu tort de ne pas l'obliger à revenir chez son époux, dit l'un.

– Oui, affirma un autre, on ne sépare pas ce que Dieu a uni.

– Le premier devoir d'une femme n'est-il pas d'obéir à son mari ? remarqua un suivant.

– Maintenant, elle est vraiment une femme adultère ! considéra l'un d'eux.

Tous, les uns après les autres, désapprouvaient l'attitude de Jésus. Tous sauf un, Judas l'Iscariote. Simon Pierre s'en inquiéta :

– Tu ne dis rien, l'Iscariote, aurions-nous tort ?

Comme il ne répondait pas, Pierre insista :

– Aurions-nous tort ?

– Sans doute, puisque le maître en a jugé autrement, répondit Judas.

Les disciples lui jetèrent des regards courroucés. Marc eut un geste menaçant.

Jésus s'avança alors parmi eux.

– Hommes de peu de foi ! Vous êtes sur le point de vous battre, car vous n'avez pas compris mes paroles, et, bien que ne les comprenant pas, vous les jugez. Judas est le seul d'entre vous à ne pas m'avoir jugé, lui qui a plus de raisons qu'aucun d'entre vous de mettre ma parole en doute.

– Que veux-tu dire, rabbi ? Je ne comprends pas, s'inquiéta Judas.

– Pour ton malheur, tu comprendras bientôt.

Essoufflée, Deborah revenait, portant une lourde cruche. Jean vint à son aide et lui ôta son fardeau.

– Merci. Que se passe-t-il ? Vous en faites de drôles de têtes !

Comme ils ne répondaient pas, elle alla vers les femmes qui préparaient le repas.

Judas la rejoignit et l'entraîna à l'écart.

– C'est pour ce soir.

La jeune femme pâlit.

– C'est pour ce soir ? bredouilla-t-elle.

– Oui, à la onzième heure, le Zélote viendra te chercher. Nous sommes prêts. L'es-tu, toi aussi ?

– Oui, je le suis, même si je persiste à croire que nous devrions avertir Jésus.

– Il n'est plus temps. Cependant, je vais encore essayer de le rallier à notre cause.

Judas s'éloigna et s'approcha de Jésus qui s'était retiré à l'écart.

– Rabbi, puis-je te parler ?

– Parle, Judas, je t'écoute.

L'Iscariote se racla la gorge et avala péniblement sa salive avant de prendre la parole :

– Voilà...

– Je t'écoute.

Judas gratta le sol de sa sandale comme un bouc furieux.

– Comme si tu ne savais pas ce que je veux te dire !

– Oui, mais je veux l'entendre de ta bouche.

– Nous allons attaquer une garnison romaine et l'exterminer.

Jésus ne répondit pas : il dessinait des signes dans la poussière à l'aide d'une baguette.

– Tu as entendu ce que je t'ai dit ? demanda Judas avec impatience.

– J'ai entendu.

– Tu n'as rien de plus à me dire ?

– Non, puisque ta décision est prise.

– Tu ne me retiens pas ?

– Judas, ô Judas ! Si tel est ton choix, cela ne me regarde pas.

– Bien sûr que si, cela te regarde ! s'écria l'Iscariote avec colère. C'est d'Israël qu'il s'agit, de la libération de ton peuple !

– Si c'est ce que tu crois, va, je ne te retiens pas. Souviens-toi seulement que la haine appelle la haine, le sang, le sang.

– Le Dieu d'Abraham et de nos pères n'a-t-Il pas dit : œil pour œil, dent pour dent ?

– Il l'a dit, Judas. Il a dit aussi : tu ne tueras point, tu aimeras ton prochain comme toi-même.

– Les Romains ne sont pas nos prochains.

– Tous les hommes sont les enfants de Dieu, et tous sont tes frères.

– Si tu te joins à nous, si tu marches à notre tête, nous vaincrons, car rien ne t'est impossible.

– Tu dis vrai, Judas, rien n'est impossible au Fils de l'homme. Il approche, le temps où je serai à la tête de tous les hommes pour les guider vers le Royaume des Cieux. Ce temps approche, Judas, et tu ne seras pas parmi eux.

– Où serai-je, rabbi ?

– Tu seras mort, Judas, haï de tous.

L'Iscariote se jeta à ses pieds et s'écria :

– Seigneur, pourquoi cette menace, une nouvelle fois ? Ne t'ai-je pas toujours servi du mieux que je pouvais ?

– Ce n'est pas une menace, Judas, j'essaie de t'ouvrir les yeux sur ce qui t'attend.

– Mourrai-je au combat ?

– Non.

– Alors je ne comprends pas. Par pitié, explique-moi !

– Mon ami, j'éprouve une grande tristesse, mais je ne puis empêcher ce qui a été écrit de toute éternité et qui ne peut s'accomplir sans ton aide.

– Que dois-je faire, selon toi ?

– Me trahir.

– Tu es fou !... Pardonne-moi, rabbi... Comment peux-tu croire que je te trahirai ?

– Parce que c'est écrit. Ni toi ni moi ne pouvons faire que cela ne soit pas.

– Mais toi, Seigneur, tu le peux !

– Oui, je le peux, mais ne le ferai pas, car je ne dois pas changer le cours des choses. Maintenant, laisse-moi, je suis las.

Judas se retira, la mort dans l'âme. Il avait un désir fou de se confier, de demander de l'aide. La mère de Jésus passa près de lui. « Elle seule peut m'aider », pensa-t-il. Il retint l'élan qui le poussait vers Marie : comment pouvait-il lui dire qu'il allait trahir son fils ? Un sanglot le secoua.

– Ô Dieu, aide-moi !

D'un pas lourd, il s'éloigna du campement. À l'abri des regards, il s'allongea face contre le sol et pleura.

12

Deborah n'arrivait pas à trouver le sommeil ; elle revoyait sans cesse le visage altéré de son père, son pauvre sourire quand il s'était éloigné, soutenant son ami. Elle avait résisté au désir de courir jusqu'à lui et de se jeter dans ses bras comme elle le faisait quand elle était enfant et qu'il revenait d'un voyage en Égypte ou en Grèce. Elle se souvenait de sa joie à l'évocation des merveilles qu'il avait vues : les Pyramides, le Parthénon, les temples grecs et égyptiens où l'on honorait de faux dieux. Elle l'étourdissait avec ses questions, lui faisant promettre qu'il l'emmènerait lors de son prochain voyage. Elle le regardait, impatiente, déballer de précieux manuscrits, des plaques d'argile recouvertes de caractères inconnus, dérouler avec précaution des papyrus fragiles. Il était fier de lui en dire la provenance, de lui traduire des fragments de longs poèmes qui parlaient de guerre et d'amour. Il répondait à chacune de ses questions, heureux de sa curiosité et de voir avec quelle facilité elle retenait ses enseignements. Outre ces trésors, produits de l'intelligence humaine, il lui rapportait des bijoux, des étoffes précieuses, disant qu'il voulait qu'elle fût vêtue comme une princesse, flattant sa coquetterie. Coquetterie dont était victime son cousin Philippe devant qui elle aimait danser, drapée dans de légers tissus. Comme son père aimait la musique, il rapportait souvent de nouveaux instruments et n'avait de cesse qu'il eût trouvé un musicien pour en jouer. C'est comme cela que Deborah avait appris à pratiquer toutes sortes d'instruments, pour la plus grande joie de son père et de Philippe, et au vif mécontentement de sa tante Suzanne.

À cette époque, Joseph s'amusait des progrès de la fillette et les encourageait. Pourquoi avait-il fallu qu'il s'éprît d'elle et voulût l'épouser en dépit de son âge ? Pourquoi son père, homme bon et intelligent, n'avait-il pas tenu compte de sa répugnance ? De ses supplications ? De ses larmes ?... Mais, surtout, de la promesse faite à son cousin ? Cela restait pour Deborah un mystère. Seul Philippe l'avait encouragée dans son refus, lui promettant de s'enfuir avec elle si son père et son ami s'obstinaient dans leur funeste projet. Le garçon n'avait pu empêcher le mariage, il avait assisté au repas de noces dans un état proche de l'hébétude, buvant plus que de raison et terminant la nuit avec des prostituées. Quelques jours plus tard, les deux jeunes gens s'étaient revus et s'étaient jetés en pleurs dans les bras l'un de l'autre. Maladroitement, Philippe avait tenté de la consoler, puis ses gestes étaient devenus plus tendres. Devant sa surprise, il lui avait dit :

– Laisse-moi faire, je ne te ferai rien de plus que ne te fait ton époux.

Elle l'avait repoussé, envahie d'un trouble qui l'avait laissée chancelante. Elle avait alors répliqué :

– Je ne comprends pas ce que tu dis, mon mari ne m'a rien fait, il dit qu'il ne peut pas !

À ces paroles, Philippe avait éclaté de rire.

– Tu veux dire que le vieux ne t'a pas possédée, que tu es toujours vierge ?

– Je crois, avait-elle répondu, honteuse.

Alors elle avait eu le plus grand mal à repousser ses caresses.

Un jour qu'ils étaient allongés à l'ombre d'un arbre, ils avaient failli être surpris par Ada, la servante de son époux. Ils étaient restés de longs jours sans se revoir. Mais, une nuit que son mari s'était montré plus pressant et brutal, elle s'était enfuie, cherchant refuge chez son père, qui l'avait chassée. Elle s'était alors rendue chez sa tante qui, elle aussi, avait refusé de la recevoir. Dans la nuit, elle s'était effondrée en pleurant. Une voix sortant de l'obscurité l'avait appelée par son nom ; elle s'était redressée, inquiète.

– N'aie pas peur, c'est moi, avait chuchoté Philippe. Viens, avait-il ajouté, je vais te conduire dans un endroit où tu seras en sécurité.

Elle l'avait suivi, confiante, heureuse de son soutien. Ils étaient restés trois jours dans la cabane, jusqu'au moment où ils avaient été surpris dans leur sommeil par des hommes conduits par Ada. Voyant leur couple illégitime enlacé, la foule en avait conclu à l'adultère et s'était emparée de Deborah, tandis que Philippe, après avoir tenté de les en empêcher, réussissait à s'enfuir. C'est comme cela qu'on l'avait traînée devant Jésus.

Quelqu'un se glissa près d'elle en disant :

– C'est l'heure.

Elle se leva sans bruit, s'enveloppa dans son manteau et suivit Simon le Zélote. Comme elle était vêtue de bleu foncé, sa silhouette se perdait dans l'obscurité.

On entendit un léger sifflement : le Zélote s'arrêta, imité par Deborah. Simon siffla à son tour. Une ombre se dressa, puis une autre. Bientôt, ils furent une vingtaine de rebelles.

– Où sont les autres ? chuchota le Zélote.

– Certains nous attendent plus loin, répondit Judas ; d'autres ne sont pas venus.

– Pourquoi ?

– Ils ont eu peur.

– Les lâches ! cracha le Zélote. Nous ne sommes pas assez nombreux pour attaquer les Romains !

– Certes, mais nous bénéficierons de l'effet de surprise et de la nuit.

– Je n'aime pas ça, grommela Simon. Avons-nous les armes, au moins ?

– Oui, je suis allé les chercher avec Philippe et Jacques.

– Qu'en penses-tu ? demanda-t-il à Deborah.

– Je pense que ce serait très imprudent de nous lancer si peu nombreux à l'attaque des légionnaires. Quel est ce Philippe dont tu parles ?

– Ton cousin.

– Mon cousin ! s'écria-t-elle.

– Tais-toi, tu vas nous faire repérer, gronda-t-il à voix basse en posant la main sur sa bouche. Tu peux te retirer, si tu veux.

Le cœur de Deborah battait si fort qu'il lui semblait que tous l'entendaient.

Le Zélote retira sa main.

– Non. Je reste.

– Bien. Tu sais ce que tu as à faire.

La jeune femme s'éloigna vers le chemin de ronde où les soldats devaient passer.

Blottie dans l'encoignure d'une porte, Deborah attendit, priant pour le succès de leur entreprise. Bientôt, elle entendit des pas, puis le cliquètement des armes, les paroles et les rires étouffés des soldats. Elle quitta l'ombre qui la dissimulait et s'appuya contre le mur éclairé par la lune. Dans la froide lumière, son visage blême semblait celui d'un fantôme, c'est du moins ce que pensèrent les Romains qui s'immobilisèrent, leur glaive à la main. Leur chef s'avança, surpris par la jeunesse de la femme.

– Que fais-tu à cette heure loin de chez toi, jeune fille ?

– Je n'arrivais pas à trouver le sommeil, je suis sortie faire quelques pas, répondit-elle d'une voix câline.

– Viens donc, la belle, je vais te bercer, dit en ricanant une sorte de géant en tendant la main vers elle.

Deborah se rejeta en arrière en poussant un cri.

– Les filles comme toi ne sont pas habituellement aussi farouches, remarqua l'homme.

– Elle veut être payée avant, fit un autre.

– Tu as raison, rétorqua le géant en fouillant dans sa bourse.

– Cela suffit ! s'écria le chef. Cette femme n'a pas l'air d'être une prostituée, reconduisons-la chez elle. Où habites-tu ?

– Pas très loin d'ici, seigneur, mais j'avais peur dans le noir, je n'osais m'en retourner.

– Tu ne craindras rien avec nous ; montre-nous le chemin.

Deborah se détacha du mur et se dirigea vers une des portes de la ville, suivie par les Romains. Soudain, elle s'arrêta et se baissa.

– Ma sandale est défaite, dit-elle en réponse au regard interrogateur du centurion.

Son geste était le signal qu'attendaient ses compagnons qui bondirent en poussant des hurlements ; elle ne remarqua pas Philippe parmi eux et en fut soulagée. Après un instant de stupeur, les soldats se ressaisirent et s'avancèrent en brandissant leur glaive. Pendant un moment, on n'entendit plus que le ferraillement des armes, les cris des blessés, le choc des corps tombant sur le sol. Le couteau de Simon le Zélote trancha la gorge de l'un des soldats qui s'effondra, éclaboussant de sang le visage et la robe de Deborah qui poussa un cri strident. Aussitôt Judas fut près d'elle.

– Rentre au camp ! Vite !

– Mais...

– Va !

Enjambant le corps du malheureux, elle s'enfuit et disparut dans la nuit.

À l'entrée du camp, elle se jeta contre un homme : c'était Jésus. Malgré l'obscurité, elle remarqua son regard triste et se sentit rougir.

– Es-tu satisfaite ?

– De quoi, rabbi ?

– De ce que tu as fait cette nuit ?

Pour toute réponse, elle éclata en sanglots.

– Va retirer cette robe souillée par le sang d'un homme.

Courbée, elle se dirigea vers la tente des femmes.

Entre les Romains et les résistants juifs, le combat fut rude. Cinq ou six soldats gisaient sur le sol, plusieurs assaillants étaient blessés ou morts : la lutte était par trop inégale. Elle le fut bien davantage quand d'autres soldats, appelés en renfort, rejoignirent leurs camarades et massacrèrent les attaquants. Seuls Simon le Zélote, Judas et Philippe parvinrent à s'enfuir. Ils arrivèrent au camp aux premières lueurs de l'aube.

– Philippe ! s'écria Deborah en le reconnaissant.

Un même élan les poussa l'un vers l'autre. Émus, ils s'étreignirent. Le jeune homme poussa un gémissement.

– Tu es blessé !

– Ce n'est rien, murmura-t-il avant de s'effondrer.

Philippe avait une vilaine blessure au flanc et perdait son sang en abondance. Marie-Madeleine décida d'appeler Luc, qui était médecin. Celui-ci fit la grimace quand il vit la plaie.

– Sauve-le, supplia Deborah.

– Je vais essayer... Mais je n'ai guère d'espoir, la blessure est très profonde. Qu'on le porte sous une tente.

Pierre et Marc, qui les avaient rejoints, le transportèrent, suivis de Luc, de Marie-Madeleine et de Deborah. Ils l'allongèrent. Le médecin nettoya la plaie à gestes précis.

– Que l'on m'apporte de la charpie, ordonna-t-il, et des herbes qui sont dans mon sac.

Marie-Madeleine obéit et revint très vite. Elle détourna les yeux quand elle vit la pâleur qui avait envahi le visage du jeune homme, éclairé par une lampe que tenait Marc. « Il va mourir », pensa-t-elle en jetant un regard de pitié à Deborah qui caressait la tête de son cousin posée sur ses genoux, tandis que Luc appliquait un emplâtre à base de miel sur la plaie. « Pauvre enfant », soupira Marie-Madeleine en retournant vers le camp. Elle sursauta : Jésus se dressait devant elle.

– Alors ? demanda-t-il.

– Il va mourir si tu n'interviens pas.

– Je sais.

– Alors, qu'attends-tu ? Que la mort fasse son œuvre ?

– Il vaut mieux qu'il meure, plutôt que d'être pris par les Romains.

– Pourquoi serait-il pris ?

– Parce qu'ils viennent.

– Tu peux empêcher cela !

– Je le peux, en effet.

Suspendue à ses lèvres, Marie-Madeleine attendait, mais Jésus ne bougeait pas. Peu à peu, le bruit d'une troupe en marche se fit entendre.

– Seigneur !...

– Va, qu'ils cachent les blessés... Réveille les autres.

– Ce n'est pas nécessaire, nous sommes là, dit Matthieu.

– C'est bien. Maintenant, restez calmes et laissez-moi parler.

Jésus s'assit, ses disciples firent comme lui, éclairés par les lueurs d'un feu mourant. Bientôt, une vingtaine de soldats portant lampes et flambeaux se dressèrent devant eux. Jésus leva la tête et demanda :

– Que cherchez-vous ?

– Nous avons été attaqués par une bande de brigands.

– Nous n'avons pas vu de brigands par ici. Nous sommes de pauvres pécheurs qui allons prier au Temple.

– De pauvres pécheurs ! ricana le chef. Nous allons voir. Fouillez les tentes et tous ces gens !

Avec brutalité, les soldats obtempérèrent, poussant les femmes devant eux. Parmi elles, la mère de Jésus s'avançait, résignée. Il n'en alla pas de même de la femme de Chouza, Jeanne, qui interpella le centurion :

– Sais-tu à qui tu as affaire, brute ?

L'homme ainsi pris à partie s'arrêta.

– Je suis la femme de l'intendant d'Hérode.

– Je te reconnais : que fais-tu avec ces brigands ?

– Ce ne sont pas des brigands, mais des hommes qui respectent les commandements de Dieu.

– Ah, parlons-en, des commandements de Dieu !... Votre Dieu n'a-t-Il pas dit : tu ne tueras point ?

Jeanne resta un moment bouche bée avant de demander.

– Comment un gentil comme toi sait-il cela ?

– Gentil ?... Femme, comme tu y vas ! Je suis curieux de votre Dieu et j'ai souvent écouté les prêches de vos prêtres. C'est intéressant, surtout ceux d'un certain Jésus que les autres prêtres jalousent ; certains vont même jusqu'à vouloir sa mort.

– Tu as donc déjà entendu Jésus ?

– Plus d'une fois, et j'avoue que cela m'a troublé. Personne, avant lui, n'a proféré de telles paroles et je sais que certains Juifs disent qu'il est le Messie, l'envoyé de leur Dieu. Qu'en est-il réellement ?

– Lui seul le sait.

Le centurion la regarda fixement et dit :

– J'ai soif.

Marie-Madeleine s'approcha, portant un vase empli de vin qu'elle tendit au Romain.

– Merci, ma belle.

Il but longuement et rendit le vase à Marie-Madeleine.

– Voilà un vin comme je n'en ai pas bu depuis longtemps. Depuis quand une troupe de mendiants boit-elle du vin digne du palais des grands ? Holà, vous autres, avez-vous trouvé quelque chose ?

– Non, tout a l'air paisible, répondit un soldat.

– Le contraire m'eût étonné, dit le chef. Allons, poursuivons notre ronde.

Comme il s'éloignait, il se retourna et dit à la cantonade :

– Si vous voyez ce Jésus, dites-lui que j'aimerais le rencontrer, car depuis que je l'ai entendu, tout se bouscule dans ma tête.

– Quel est ton nom ? demanda Marie-Madeleine.

– Marcus.

Quand les soldats furent partis, Jésus se retira à l'écart pour prier. Son recueillement fut bientôt troublé par Deborah qui se jeta, essoufflée, à ses pieds.

– Maître, je t'en prie, sauve-le !

– De qui parles-tu ?

– Ne te moque pas, tu le sais bien.

– Mais encore ?

– Si tu ne viens pas, il va mourir.

– Qui ?

– Philippe !

– Philippe ?

– L'homme que j'aime !

– N'est-il pas ton cousin ?

– Oui ! Nous nous aimons depuis l'enfance. Nous rêvions de devenir époux ! s'écria-t-elle en sanglotant.

Jésus la regarda d'un air songeur. Des pierres roulèrent non loin d'eux : c'était Marie-Madeleine qui s'avançait d'un pas pressé.

– Il se meurt, jeta-t-elle en tendant ses mains vers Jésus. Je t'en prie... Regarde les larmes de cette enfant... Malgré son amour, elle est restée pure... Viens, sauve-le !

Deborah s'était redressée et regardait avidement Jésus.

– Comment vous résister ? dit-il en se levant.

Il suivit les deux femmes qui couraient devant lui. Quand ils arrivèrent sous la tente où était le blessé, Marie et Jeanne en sortaient.

– C'est fini, murmura cette dernière en épongeant ses yeux.

– Au moment de son dernier soupir, il a appelé Deborah et demandé pardon à Dieu pour ses péchés, précisa Marie.

Deborah les bouscula pour s'engouffrer sous la tente et se jeta avec des cris sur le cadavre de son ami.

Accroupi dans un coin, Judas l'Iscariote regardait la scène avec un air farouche. Quand il vit Jésus, il se releva et s'adressa à lui avec violence :

– Si tu avais été parmi nous, il serait encore de ce monde et nous aurions remporté la victoire. Ton cœur n'éprouve-t-il nulle pitié devant le corps sans vie de ce garçon ?

– Pourquoi dis-tu qu'il est sans vie, Judas ?

– Parce qu'il est mort ! Cela se voit, non ? gronda-t-il.

– Tu es aveugle, mon ami. Observe-le.

Judas tourna la tête ; Philippe avait ouvert les yeux et regardait autour de lui.

– Que faites-vous tous ici ? demanda-t-il d'une voix faible.

Entendant la voix de l'aimé, Deborah releva la tête.

– Dieu soit loué, s'écria-t-elle, tu vis !

Elle baisa ses lèvres qui avaient retrouvé un peu de couleur, puis, se tournant vers Jésus, murmura simplement :

– Merci.

Marie s'approcha et dit à Deborah :

– Laisse-le se reposer.

– Je veux rester auprès de lui.

– Non, répondit la mère de Jésus. Je vais le veiller.

– Mais...

– Va te purifier, tu portes sur toi le sang d'un homme.

Deborah baissa les yeux, un sanglot monta de sa gorge. Ce sang, tout ce sang sur elle, sur ses mains !... Elle avait changé de robe, mais, bien qu'invisible, le sang était sur elle. « Tu ne tueras point, tu ne tueras point !... » Ces mots tournoyaient dans son esprit... À cause d'elle un homme était mort... D'autres aussi. Des femmes, des mères peut-être, pleuraient. Elle jeta un cri et s'élança dans la nuit. Judas la rattrapa. Elle se débattit, essayant d'échapper à son étreinte. Ses forces l'abandonnèrent et elle glissa sur le sol. Judas la souleva et la porta jusqu'à la tente de Marie-Madeleine où il l'allongea.

– Oh, Judas ! Sans tes paroles, cette enfant n'aurait pas été mêlée à tout ça.

– Garde tes reproches pour toi. Ce que nous n'avons pas réussi cette nuit, nous le réussirons une autre fois.

– Pauvre fou ! Il n'y aura pas de nouvelle fois avant longtemps. Le peuple juif n'est pas mûr pour le combat, trop d'années de servitude lui ont brisé les reins.

Judas se laissa tomber au côté de Deborah toujours inanimée.

– Je crains que tu n'aies raison. Beaucoup de ceux qui devaient se joindre à nous ne sont pas venus. Je ne comprends pas... Comment peuvent-ils accepter de vivre en esclavage ?... Le peuple juif a-t-il oublié qu'il est le peuple élu, celui en qui Dieu a mis toute Sa confiance, qu'Il a choisi entre tous les peuples de la terre ? Ou alors ses péchés sont-ils si grands que le Seigneur s'est détourné de lui ?

– Tu blasphèmes, Judas. Dieu ne nous a-t-Il pas envoyé Son Fils ?

– Je ne sais plus que croire. Jésus me fait peur.

– Jésus te fait peur ?

– Oui... Il m'a dit des choses terribles qui me rongent le cœur et me font douter de lui.

Près d'eux, Deborah gémit.

– Au lieu de te plaindre comme une vieille femme, tu ferais mieux d'aller me chercher de l'eau.

Judas regardait Deborah sans la voir, comme incapable du moindre geste.

– Secoue-toi !... Demande à Luc de venir avec ses remèdes.

Soudain, Marie-Madeleine remarqua le visage ravagé de l'Iscariote.

– Tu n'as pas bonne mine, toi non plus. Serais-tu blessé ?

– Plus profondément que tu ne peux l'imaginer, répliqua-t-il en se relevant avec difficulté.

Sans qu'elle comprît pourquoi, ces mots atteignirent la jeune femme en plein cœur. Instinctivement, elle porta les mains à sa poitrine. Elle écarta un des pans de la tente et regarda Judas s'éloigner dans l'obscurité, saisie d'une grande crainte.

13

Grâce aux soins de Luc, mais surtout à la présence de Deborah, Philippe guérit rapidement de sa blessure. Elle restait de longues heures auprès de lui, évoquant leurs souvenirs communs ou chantant en s'accompagnant à la lyre ces vieilles chansons hébraïques qu'il aimait tant. Un jour, à sa demande, elle chanta la *Chanson de Deborah* :

« Lorsqu'en Israël on laisse flotter les chevelures
quand un peuple s'offre volontairement,
bénissez le Seigneur !

Écoutez, ô rois, prêtez l'oreille, ô souverains :
Pour le Seigneur, moi, je veux chanter,
je veux célébrer le Seigneur, Dieu d'Israël.

Seigneur, quand tu sortis de Séïr,
quand tu partis de la steppe d'Edom,
la terre trembla, les cieux chancelèrent,
les nuées déversèrent de l'eau,
les montagnes s'affaissèrent
devant le Seigneur, le roi d'Israël.

Mon cœur va aux commandants d'Israël,
à ceux qui, dans le peuple, s'offrent volontairement :
Bénissez le Seigneur ! »

Pendant qu'elle chantait, les hommes sentaient monter dans leur cœur le désir de combattre. Les femmes, elles, frémissaient de crainte.

« Vous qui montez des ânesses blanches
vous qui siégez sur des tapis et vous qui marchez sur
[la route, parlez !
Par la voix de ceux qui font le partage, là où l'on
[célèbre les victoires du Seigneur,
les bienfaits de sa libéralité envers Israël.
Alors le peuple est descendu aux portes.

Réveille-toi, réveille-toi, Deborah !
Réveille-toi, réveille-toi, lance un chant !
Lève-toi, Baraq, fils d'Avinoam, et ramène tes captifs.

Que le reste du peuple domine alors les puissants !
Que pour moi le Seigneur domine sur les héros !

Pourquoi es-tu resté assis entre deux parcs,
à écouter les sons de flûte près des troupeaux ?
Aux ruisseaux de Ruben, grandes sont les délibérations
[du cœur !

Survinrent des rois et ils ont combattu,
alors les rois de Canaan ont combattu
à Taanak, près des eaux de Meguiddo ;
un butin d'argent ils n'ont pas obtenu.

Du haut des cieux combattirent des astres,
du haut de leur orbite ils combattirent contre Sisera.
Le torrent de Cison les a balayés,
le torrent des temps anciens, le torrent de Cison !
Marche, mon âme, avec hardiesse ! »

Longtemps Deborah chanta.

Quand elle eut fini, elle remarqua que les joues de Philippe étaient couvertes de larmes. Abandonnant sa lyre, elle se pencha vers lui :

– Pourquoi pleures-tu, mon aimé ?

– Je pleure sur le peuple d'Israël.

– Ne pleure pas, un jour il sera libre.

– Je ne serai plus là pour le voir.

– Ne dis pas de telles choses, elles offensent le Seigneur. Je vais chercher à boire, chanter m'a donné soif.

Elle écarta le pan de la tente et s'arrêta, interdite. Devant elle se tenaient les disciples de Jésus et les femmes qui les accompagnaient. Parmi eux, la mère de Jésus retenait à grand-peine ses larmes.

– Qu'avez-vous ? demanda Deborah.

Marie-Madeleine s'avança.

– Ton chant nous a bouleversés et a fait verser des pleurs sur notre pauvre pays.

– Ta voix est merveilleuse ! s'écria Jeanne en l'embrassant. Comment connais-tu ce chant ?

– C'est mon père qui me l'a appris en mémoire de la prophétesse qui le chanta la première. C'est pour je n'oublie jamais ce que cette femme avait fait pour son peuple qu'il m'a donné son nom.

Judas s'approcha à son tour :

– Ton chant nous a redonné courage et nous essaierons d'être dignes des héros de l'ancien temps et de vaincre le Sisera de ce temps-ci.

– Que le Seigneur t'entende, Judas ! répondit Deborah. À moi aussi, ces paroles ont redonné courage et confiance. Maintenant, laissez-moi, je meurs de soif.

La jeune femme s'éloigna pour aller quérir de l'eau tandis que ses compagnons parlaient de ce chant cher au cœur des enfants d'Israël et de la beauté de sa voix.

Arrivée près de la tente où étaient entreposées les jarres contenant l'eau, elle se heurta à un homme qui la maintint fermement contre lui : c'était un centurion romain.

– Est-ce toi qui chantais, tout à l'heure ?

– Oui, murmura-t-elle en essayant de se dégager.

– Tu as une très belle voix. Tu devrais chanter devant une noble assemblée plutôt que pour cette troupe de mendiants.

– Ce ne sont pas des mendiants !

– Oui, je sais : ce sont d'humbles pécheurs. Tu te moques de moi ?

– Pense ce que tu veux ! Lâche-moi, ou je crie !

– Crie, ma belle, crie et ce sont mes hommes qui viendront !

– Tes hommes ?

– Crois-tu que je me sois aventuré seul dans ce repaire de brigands ?

– Ce ne sont pas des brigands !

– Je sais, je sais : d'humbles pécheurs, on me l'a déjà dit.

– Cesse de te moquer de moi.

– Et toi, tu ne t'es pas moquée de moi, l'autre soir, avec ta sandale et ta mine de chat perdu ?

– Je ne comprends pas ce que tu veux dire.

– Ton geste était le signal pour nous attaquer.

– Tu es fou !

– Oh non ! Tout le contraire, malheureusement pour toi.

– Que vas-tu faire ?

– T'arrêter.

– M'arrêter, mais pourquoi ? Je n'ai rien fait.

– Après quelques bons coups de fouet, tu chanteras une autre chanson. Viens sans faire d'histoires, ce sera mieux pour nous deux.

– Je n'irai pas avec toi !

– C'est ce que nous allons voir.

– À l'aid...

Sa main rude lui ferma la bouche, arrêtant ses cris. Au même moment une poigne ferme immobilisa le Romain. L'homme qui le maintenait dit d'une voix sévère au centurion :

– Elle t'a dit qu'elle ne voulait pas aller avec toi.

– Par tous les dieux, vas-tu me lâcher ?

– Pas avant que tu ne la laisses aller. Obéis, sinon tu perdras la vie.

Le centurion lâcha Deborah qui s'abrita derrière l'homme qu'elle reconnut.

– C'est bien. Maintenant, tu peux aller, dit-il.

– Pas avant de connaître ton nom.

– Jésus.

– Jésus ?... Tu es ce Jésus dont parlent tous les Juifs ?

– Tu l'as dit.

– Celui qui fait des miracles ?

– Tu l'as dit.

– Je t'ai entendu prêcher et j'ai été ému par tes paroles.

– Cela prouve que tout n'est pas mauvais dans ton cœur.

– Tu parles d'amour du prochain, de pardon des offenses, que sais-je encore. Tout cela est nouveau pour moi. Je ne comprends pas, comme je ne comprends pas que tu acceptes auprès de toi cette femme qui est responsable de la mort de mes soldats. N'est-ce pas en contradiction avec tes paroles ?

– En apparence seulement.

– Je ne comprends pas.

– Tu n'es pas le seul.

– Ne pourrais-tu m'enseigner ?

– Marcus...

– Tu connais mon nom ?

– Je connais tout de toi. Viens au Temple quand tu voudras, et écoute.

– Je viendrai, je le jure par les dieux, je viendrai.

– Laisse tes dieux tranquilles, ils n'ont aucun pouvoir. Seul le Seigneur d'Israël peut te venir en aide. Maintenant, va.

Marcus partit, se retournant à maintes reprises.

– Merci, rabbi, tu m'as sauvée, dit Deborah en lui baisant la main.

– Comme lui, je t'ai entendue chanter. Ton chant était beau. Viens, rejoignons les autres.

14

Philippe était maintenant rétabli. Il participait donc dans la mesure de ses forces aux travaux du camp. Un soir, à la tombée de la nuit, Judas vint le trouver alors qu'il lisait allongé à la lueur d'une lampe.

– Tu es seul ? demanda-t-il.

– Oui. Que veux-tu ?

– Te tenir au courant de la prochaine expédition.

– Mais nous n'avons plus les moyens de combattre, et, de plus, les Romains sont sur leurs gardes.

– C'est en partie vrai, mais nous avons d'autres moyens d'en venir à bout.

– Je ne vois pas lesquels.

– Deborah.

– Deborah ?... Je ne veux plus qu'elle soit mêlée à cela ; ce n'est qu'une femme, elle est fragile.

– Pas si fragile que ça. Elle possède une arme infaillible : sa voix.

– Sa voix ?

– Oui, sa voix a envoûté le chef des centurions, Marcus. Depuis, il s'est épris d'elle au point qu'il n'y a pas de jour qu'il ne rôde autour du camp.

Philippe se redressa avec colère.

– Maudit ! Tu voudrais la prostituer à un Romain ?

– Il ne s'agit pas de la prostituer, mais qu'elle chante pour le Romain.

– Jamais !

– Tu as tort ; elle est d'accord.

– Que me racontes-tu là ? Tout à l'heure, elle ne m'a pas dit mot de ce projet ridicule.

– Elle n'aura pas voulu t'inquiéter.

– Cela suffit ! Retire-toi, Judas !

– Bien, bien, je m'en vais. Réfléchis.

– C'est tout réfléchi.

Judas quitta la tente, laissant Philippe en proie à de noires pensées. Peu de temps après, Deborah entra.

– Tu as l'air sombre, mon aimé.

– On le serait à moins. Pourquoi ne m'as-tu rien dit de ce projet insensé ?

– Quel projet ?

– Ne fais pas l'idiote : celui de chanter pour ce Romain qui, paraît-il, tourne autour de toi.

– Tu veux parler du centurion Marcus ?

– Celui-là même.

Deborah éclata de rire.

– Je ne vois pas ce que cela a de drôle.

– Si tu voyais ta tête !

– Qu'est-ce qu'elle a, ma tête ?

– C'est celle d'un jaloux.

– Eh bien oui, je suis jaloux ! s'écria-t-il en l'attirant à lui.

– Tu as tort, car c'est toi que j'aime, et nul autre.

– Alors, pourquoi as-tu accepté de chanter pour ce Romain ?

– Pour lui tendre un piège.

– Ce n'est guère prudent ni charitable d'agir ainsi. Je suis certain que Jésus serait de mon avis.

– Aussi est-ce pour cela qu'il ne doit pas être au courant.

– Je croyais qu'il savait tout.

– Oui. Et alors ?

– Alors je vais lui parler, lui demander de vous empêcher d'agir.

– Je t'en supplie, n'en fais rien. Je lui parlerai moi-même.

– Tu me le jures ?

– Tu ne jureras pas en vain, est-il dit dans les Écritures.

– Les Écritures !... Elles ont bon dos, les Écritures !

– Ne te fâche pas ! Tu vas te faire du mal !

– C'est toi qui me fais du mal, dans ton obstination à vouloir délivrer Jérusalem !

– N'était-ce pas notre but quand nous étions enfants ?

– Nous ne sommes plus des enfants !

– C'est le devoir de tout Juif.

– Quand un devoir est folie, il faut s'abstenir.

D'un geste câlin, elle appuya sa tête contre sa poitrine.

– Ne nous fâchons pas. Viens plutôt à la veillée ; je vais chanter.

– Je n'ai pas le cœur à t'entendre chanter. Va, laisse-moi, j'ai besoin de réfléchir.

Deborah quitta la tente, soucieuse, et se dirigea vers les compagnons de Jésus assemblés autour de lui près d'un feu.

– Enfin, te voilà ! s'exclama Marie-Madeleine. Où étais-tu ?

– Avec Philippe.

– Bien. Nous sommes tous impatients de t'entendre.

Deborah s'installa sur des coussins, prit sa lyre et commença à chanter :

« Sur ma couche, la nuit, j'ai cherché
celui que mon cœur aime.
Je l'ai cherché, mais ne l'ai point trouvé !
Je me lèverai donc et parcourrai la ville.
Dans les rues, sur les places,
je chercherai celui que mon cœur aime.
Je l'ai cherché, mais ne l'ai point trouvé !

Les gardes m'ont rencontrée,
ceux qui font la ronde dans la ville :
Avez-vous vu celui que mon cœur aime ?
À peine les avais-je dépassés,
j'ai trouvé celui que mon cœur aime.
Je l'ai saisi et ne le lâcherai point
que je ne l'aie fait entrer
dans la maison de ma mère,
dans la chambre de celle qui m'a conçue.

Je vous en conjure,
filles de Jérusalem,
par les gazelles, par les biches des champs,
n'éveillez pas mon amour
avant l'heure de son bon plaisir... »

Des applaudissements éclatèrent. Jeanne embrassa la chanteuse avec fougue.

– J'en ai des frissons par tout le corps. Tu as une voix de magicienne.

– Loue le Seigneur, mon enfant, pour ce don, dit Marie.

– Chante encore, supplia Jean. Je t'accompagnerai avec ma flûte.

Deborah reprit sa lyre et, après quelques notes, se remit à chanter :

« Qu'il me baise des baisers de sa bouche.
Tes amours sont plus délicieuses que le vin ;
l'arôme de tes parfums est exquis ;
ton nom est une huile qui s'épanche,
c'est pourquoi les jeunes filles t'aiment.

Entraîne-moi sur tes pas, courons !
Le roi m'a introduite dans ses appartements ;
tu seras notre joie et notre allégresse.
Nous célébrerons tes amours plus que le vin ;
comme on a raison de t'aimer ! »

– Bravo !... Bravo !... Encore !... Chante encore !

La jeune femme leva les yeux et croisa le regard de Jésus dans lequel elle lut une immense tendresse.

« J'ai ôté ma tunique,
comment la remettrais-je ?
J'ai lavé mes pieds,
comment les salirais-je ?
Mon bien-aimé a passé la main par la fente,
et pour lui mes entrailles ont frémi.
Je me suis levée
pour ouvrir à mon bien-aimé
et de mes mains a dégoutté la myrrhe,
de mes doigts la myrrhe vierge,
sur la poignée du verrou.

J'ai ouvert à mon bien-aimé,
mais, tournant le dos, il avait disparu !
Sa fuite m'a fait rendre l'âme.
Je l'ai cherché, mais ne l'ai point trouvé,
je l'ai appelé, mais il n'a pas répondu !
Les gardes m'ont rencontrée,
ceux qui font la ronde dans la ville.
Ils m'ont frappée, ils m'ont blessée,
ils m'ont enlevé mon manteau,
ceux qui gardent les remparts.

Je vous en conjure,
filles de Jérusalem,
si vous trouvez mon bien-aimé,
que lui déclarerez-vous ?

Qu'a donc ton bien-aimé de plus que les autres,
ô la plus belle des femmes ?
Qu'a donc ton bien-aimé de plus que les autres,
pour que tu nous conjures de la sorte ? »

À la place des applaudissements, un long silence accueillit la fin du chant de Deborah.

Elle regarda, surprise, ces visages tournés vers elle : n'avaient-ils pas aimé son chant ?

Dans l'obscurité, ils étaient deux à la dévorer des yeux : Marcus, le Romain, et Philippe, l'aimé, qui les avait rejoints. Philippe savait que ce chant lui était dédié, Marcus voulait plus que jamais cette femme.

Dans le camp, chacun recouvrait ses esprits.

– Ces chants mettent mon âme en émoi, murmura Jean.

Judas, qui était à ses côtés, lui dit d'un ton narquois :

– Ton âme ? Tu es sûr ?

Le jeune disciple devint écarlate. Marie-Madeleine le remarqua :

– Ce sont ces paroles d'amour qui te mettent le feu aux joues ? demanda-t-elle, moqueuse.

– Que dis-tu là ? Je ne comprends pas !

– Tu ne comprends pas ? s'esclaffa Judas. Tu veux que je te fasse un dessin ?

– Laisse-le ! Ne le taquine pas ! C'est encore un enfant, dit Marie-Madeleine.

– Je ne suis pas un enfant, s'emporta Jean, de plus en plus rouge.

– Je te crois bien volontiers.

Jésus s'approcha de Deborah.

– Ces chants du *Cantique des cantiques* sont bien beaux. Qui te les a appris ?

– Personne. Je les ai lus dans les livres de mon père et me suis amusée à les mettre en musique.

– Vois, ils ont semé le trouble parmi nos compagnons.

Deborah regarda autour d'elle et remarqua l'embarras des femmes et l'attitude équivoque des hommes.

– Je vois, fit-elle en baissant la tête.

– Ne rougis pas à ton tour. Va me chercher à boire.

Soulagée, elle s'éloigna.

Il faisait sombre dans la partie où étaient entreposées les jarres. Arrivée près de la tente, une main la saisit tandis qu'une autre se plaquait sur sa bouche pour l'empêcher de crier. Malgré tous ses efforts, elle ne pouvait se débarrasser de l'étreinte. L'homme qui la tenait l'entraîna vers des buissons, la jeta sur le sol et se laissa tomber sur elle. Elle se débattit avec l'énergie du désespoir. Ses mains agrippèrent une pierre dont elle frappa violemment son agresseur. Celui-ci s'affaissa et pesa très lourd sur elle. Avec difficulté, elle se dégagea et le retourna.

– Marcus ! balbutia-t-elle.

Il y eut du bruit dans les broussailles. Alertée, elle se tint sur ses gardes.

– Est-ce toi, Deborah ?

– Philippe !... À l'aide !

D'un bond, le jeune homme fut près d'elle. D'un geste brusque, il la releva.

– Que fais-tu ici en compagnie de cet homme ?

– Il m'a forcée à le suivre...

– Je ne te crois pas !... Tu l'as envoûté avec tes chants licencieux !

– Ce n'est pas vrai !... Attention, il revient à lui !... Viens !... Fuyons !

Lui saisissant la main, elle l'entraîna vers les lumières du camp. Arrivée à proximité, elle s'arrêta, regardant ses mains et sa robe tachées de sang.

– Oh, Seigneur, si je l'avais tué !

– Il n'était pas mort quand nous sommes partis.

– Mais ses soldats vont le trouver et viendront nous arrêter !

– Viens plutôt te changer et te laver de ce sang.

15

Le lendemain, à l'aube, Jésus et ses compagnons quittèrent Jérusalem.

Ils marchèrent de longues heures sous un soleil cruel.

Peu de temps avant d'arriver à Gaza, au bord de la mer, des femmes vinrent au-devant d'eux, tendant à Jésus leurs enfants pour les lui faire toucher, mais les disciples les écartaient vivement. Voyant cela, Jésus se fâcha en disant :

– Laissez venir à moi les enfants. Ne les empêchez pas, car le royaume de Dieu est à ceux qui leur ressemblent. Je vous le dis : celui qui n'accueille pas le royaume de Dieu à la manière d'un enfant n'y entrera pas.

Attirant les petits à lui, il les embrassa, les bénit en leur imposant les mains.

Puis, comme il reprenait son chemin, un homme accourut vers lui, se mit à genoux et lui demanda :

– Bon maître, que dois-je faire pour avoir en héritage la Vie éternelle ?

Jésus lui dit :

– Pourquoi m'appelles-tu bon ? Personne n'est bon, sinon Dieu seul. Tu connais les commandements :

« Ne commets pas de meurtre, ne commets pas d'adultère, ne commets pas de vol, ne porte pas de faux témoignages, ne fais de tort à personne, honore ton père et ta mère. »

– Maître, j'ai observé tous ces commandements depuis ma jeunesse.

Jésus posa sur lui un doux regard et se prit à l'aimer. Il lui dit :

– Une seule chose te manque : va et vends tout ce que tu as, donne-le aux pauvres et tu auras un trésor au Ciel ; puis viens et suis-moi.

À ces mots, l'homme devint sombre et s'en alla tout triste, car c'était un homme riche.

Jésus regarda autour de lui et dit à ses disciples stupéfaits :

– Comme il sera difficile à ceux qui ont de grandes richesses d'entrer dans le royaume de Dieu ! Il est plus facile à un chameau de passer par le trou d'une aiguille qu'à un riche d'entrer dans le royaume de Dieu !

Ses compagnons, de plus en plus déconcertés, se demandaient entre eux :

– Mais alors, qui peut être sauvé ?

Avant de leur répondre, Jésus les regarda.

– Pour les hommes, cela est impossible, mais pas pour Dieu ; car tout est possible à Dieu.

Pierre s'avança et lui dit :

– Nous avons tout quitté pour te suivre.

– Je vous le dis : personne n'aura quitté, à cause de moi, une maison, des frères, des sœurs, une mère, un père, des enfants ou une terre sans qu'il reçoive, en ce temps déjà, le centuple : maisons, frères, sœurs, mères, enfants et terres, avec des persécutions et, dans le monde à venir, la Vie éternelle. Beaucoup des premiers seront les derniers, et les derniers seront les premiers.

Ils ne comprenaient pas ses paroles. Cependant, elles leur inspiraient une grande crainte.

Ils arrivèrent à Gaza au soleil couchant.

Philippe et Deborah s'éloignèrent de leurs compagnons et allèrent marcher sur la plage. Deborah ôta ses sandales et, relevant sa tunique, pénétra dans les premières vagues. L'eau que ses pieds soulevaient scintillait telle une poussière de diamants. Les derniers rayons du soleil mettaient des lueurs dorées dans sa chevelure dénouée. Son visage irradiait, ses yeux étaient des étincelles. Elle semblait naître au monde. Bouleversé, fou de désir, Philippe la regardait. À son tour il s'avança dans la mer et la prit dans ses bras. Par jeu, elle se suspendit à son cou ; ils trébuchèrent et tombèrent dans l'eau en riant. Les lèvres du jeune homme cherchèrent les siennes. Elle répondit à son baiser avec fougue. Une vague plus forte que les autres roula leurs corps enlacés. Le soleil à l'horizon n'était plus qu'une lueur rouge sang. Allongé sur elle, Philippe releva sa tunique et lui caressa le ventre : elle frémit en se serrant fort contre lui. Enhardi, il fouilla sa toison et ses doigts pénétrèrent la fente chaude. Elle gémit. De sa main libre, il pétrit son sein dont le mamelon se dressa. Avidement, il le prit entre ses lèvres : elle jeta un cri.

– Je t'ai fait mal ?... Pardonne-moi

– Non, cela ouvre en moi une route de plaisir.

Ces mots le rendirent fou. Il sortit son sexe dressé et le présenta à l'entrée du sien.

– Mon aimé, je t'aime... Ne fais pas cela... C'est mal.

– Ce n'est pas mal, ma bien-aimée... Laisse-toi faire et tu seras à moi à jamais.

– Non, c'est un péché !

– Le péché, c'est d'être aussi belle, mariée et toujours vierge !

Deborah poussa un cri.

– Tu l'as dit, je suis mariée... Je serai adultère, si je te laisse faire !

– Non, tu seras ma femme.

– Aux yeux des hommes, peut-être, mais non à ceux de Dieu.

– Dieu nous a de toute éternité destinés l'un à l'autre.

– Peut-être, mais mon père en a décidé autrement : je suis toujours l'épouse de Joseph.

– Au diable, Joseph ! C'est moi, Philippe, qui te tiens entre mes bras et qui vais te faire l'amour.

Une voix impérieuse se fit entendre :

– Non ! Souviens-toi : tu ne convoiteras pas la femme de ton voisin, dit Jésus qui se tenait soudain debout auprès d'eux.

– Mais, rabbi, nous nous aimons ! s'écria le jeune homme en bondissant sur ses pieds.

– Tu aimes Deborah en égoïste. Tu l'aimes pour toi, non pour elle. Si tu la fais tienne, elle sera adultère. Est-ce cela que tu veux ?

– Non, balbutia-t-il.

– Alors, laisse-la et rejoins les autres.

– Mais...

– Il n'y a pas de mais. Fais ce que je te dis.

Tête basse, Philippe s'éloigna. Jésus tendit la main à Deborah pour l'aider à se relever. Debout, elle tenta de remettre de l'ordre dans ses vêtements. Jésus jeta son manteau sur ses épaules.

– J'ai honte, gémit-elle.

La nuit était maintenant tombée. Une à une, les étoiles apparurent.

– Regarde, Deborah, comme la nuit est belle. C'est dans ces nuits-là qu'on commet le péché que tu allais commettre. Cependant, je ne te condamne pas, tu es si jeune et les désirs d'amour sont si forts.

Deborah prit la main de Jésus et la baisa.

– Tu es bon, rabbi... Puis-je te poser une question ?

– Tu le peux.

– On ne te connaît aucune femme. N'as-tu pas eu, comme moi, le désir d'amour ?

Jésus eut un rire franc et répondit :

– Je ne suis pas fait différemment des autres hommes. Comme eux j'ai eu le désir d'un corps de femme contre le mien.

– Et alors ?

– Alors ?... Cela ne s'est pas fait. Je ne suis pas venu sur terre pour faire l'amour, mais pour apporter l'amour aux hommes.

– Ils te le rendent bien mal.

– Je n'attends nulle récompense. Je suis heureux quand ils se montrent bons les uns envers les autres.

– Tu n'es pas sans avoir remarqué que Marie-Madeleine t'aime.

– Je le sais et j'ai eu parfois quelques tentations, tant sa beauté est grande et son cœur généreux. Elle est pour moi comme une sœur chérie.

Ils se turent et remontèrent lentement vers le campement où on avait allumé un feu. Deborah se retira sous la tente des femmes pour ôter sa robe mouillée.

Marie, la mère de Jésus, était là. Quand elle vit la jeune femme, elle s'écria :

– Retire ta tunique, tu vas prendre froid !

Deborah obéit et prit la tunique que Marie lui tendait.

– Tu te trompes, ce n'est pas à moi.

– Mais si, elle est à toi. Je l'ai confectionnée avec le tissu que Jeanne a acheté.

– Merci, elle est magnifique ! dit-elle en l'embrassant.

– Mets ce manteau, la nuit sera fraîche.

Elles sortirent ensemble et rejoignirent les autres. Philippe n'était pas parmi eux.

Ils mangèrent du poisson grillé pêché par Pierre et son frère André ; il était succulent.

Après le repas, blotties près du feu, les femmes conversèrent à voix basse. Non loin d'elles, les hommes commentaient les menus événements de la journée. Peu à peu, les voix se firent plus lentes et bientôt se turent ; tous étaient fatigués. Hommes et femmes se retirèrent et chacun s'allongea sur sa natte et s'assoupit.

Jésus, lui, ne dormait pas. Il se leva et se dirigea vers la plage. Une lune froide rendait le paysage inquiétant. Son reflet dans la mer semblait une route menant au ciel. Jésus tomba à genoux.

– Mon Père, l'heure approche et j'ai peur. Que vont devenir mes amis après ma mort ? Je crains la haine des prêtres et les persécutions des Romains.

Au fond de lui, une voix se fit entendre :
– Ne crains rien, ils sont sous Ma protection.
– Mon Père, j'ai besoin moi aussi de Ta protection.
– Oublierais-tu que tu es Mon fils, celui en qui J'ai mis tout Mon amour et toute Ma confiance ?
– Non, Père. Pardonne-moi.
– Retourne auprès de tes compagnons et de Marie, ta mère. Prie à leurs côtés.
Jésus se releva et rejoignit les siens.
Deborah ne dormait pas. Elle pensait aux baisers de Philippe, à ses caresses, et tout son corps en frémissait.
– Seigneur, chasse de moi ces pensées impures ! Protège-moi contre la tentation. J'aime Philippe, mais je dois fidélité à mon époux.
– Ce n'est pas ton époux, lui soufflait une voix insidieuse. Tu es vierge.
– Et je le resterai !
Elle croisa les mains sur sa poitrine et pria.

Le lendemain, Marie et Marie-Madeleine remarquèrent les traits altérés de Jésus.
– Qu'as-tu, mon fils ?
– Tu parais souffrant. Veux-tu que je demande à Luc un remède ?
– Non. Venez tous autour de moi et prions.
Les femmes et les hommes s'approchèrent et s'agenouillèrent aux côtés de Jésus. Ensemble ils dirent le *Notre-Père*.
Après cette prière fervente, ils se redressèrent et chacun vaqua à ses occupations avant de repartir pour Jérusalem.

En chemin, l'épouse de Pierre bougonnait :

– Cela ne rime à rien : un jour nous sommes à Gaza, le lendemain à Jérusalem ou à Jéricho, voire n'importe où ailleurs. Cela n'a aucun sens !

– Rachel, pourquoi grommelles-tu ?

– Rabbi, je suis lasse de tous ces déplacements dont je ne vois pas la nécessité.

– Ils sont faits pour que mes disciples connaissent leur peuple et lui apportent la parole du Père.

– Ton peuple est bien ingrat, rabbi. Nombreux sont ceux qui ne songent qu'à te tuer.

– C'est hélas vrai, Rachel. Bientôt ils auront raison de moi.

– Ne dis pas cela. Tes paroles jettent dans le cœur une ombre noire.

Jésus s'éloigna, laissant la femme de Pierre perplexe. Josué courut après lui et lui demanda :

– Rabbi, pourquoi veulent-ils te tuer ?

– Parce que je suis la Vérité et que la vérité leur fait peur.

– Pas à moi.

– Je sais... Ton cœur est pur, mais tu auras beaucoup à souffrir en mon nom.

– Je souffrirai en te bénissant et me battrai pour toi.

Jésus se pencha et déposa un baiser sur son front.

Ils arrivèrent au bord du lac de Génésareth ; la foule se pressait autour de Jésus pour écouter la parole de Dieu. Il vit deux barques amarrées au bord du lac ; les pêcheurs en étaient descendus et lavaient leurs filets. Il monta dans une des embarcations qui appartenait à Simon Pierre et lui demanda de s'éloigner quelque peu du rivage. Puis, se tournant vers la foule, il parla. Quand il se tut, il dit à Pierre :

– Avance au large et jette les filets pour attraper du poisson.

Pierre lui répondit :

– Ces hommes ont peiné toute la nuit sans rien prendre ; mais, sur ton ordre, je vais jeter les filets.

Aidé par ses hommes, il le fit. Ils prirent une telle quantité de poisson que leurs filets se déchiraient. Ils firent signe aux pêcheurs de l'autre barque de venir leur prêter main-forte. Ceux-ci vinrent et ils remplirent les deux barques à ras bord, à tel point qu'elles s'enfonçaient. À cette vue, Pierre tomba aux pieds de Jésus en disant d'une voix pleine d'effroi :

– Seigneur, éloigne-toi de moi, car je ne suis qu'un humble pécheur.

Comme lui, ses compagnons étaient effrayés devant la quantité de poissons qu'ils avaient prise. Les disciples de Jésus frissonnaient eux aussi de peur.

– Sois sans crainte, dit Jésus en s'adressant à Simon Pierre ; désormais, ce sont des hommes que tu prendras.

Alors ils ramenèrent les barques au rivage et, laissant tout, le suivirent et reprirent la route avec lui.

Dans une petite ville survint un homme couvert de lèpre ; celui-ci, voyant Jésus, tomba face contre terre et lui demanda :

– Seigneur, si tu le veux, tu peux me purifier.

Jésus étendit la main, le toucha et lui dit :

– Je le veux, sois purifié !

À l'instant même, sa lèpre le quitta. Alors Jésus lui ordonna de ne le dire à personne.

– Va plutôt te montrer aux prêtres et donne pour ta purification ce que Moïse a prescrit ; ta guérison sera pour les gens un témoignage.

On parlait de lui de plus en plus. De grandes foules accouraient pour l'entendre et se faire guérir de leurs maladies. Mais lui se retirait dans les endroits déserts et priait.

Jésus remarqua un collecteur d'impôts du nom de Lévi, assis à son bureau de publicain. Il lui dit :

– Suis-moi.

Abandonnant tout, l'homme se leva et lui emboîta le pas.

Un jour de sabbat, Jésus traversait des champs de blé ; ses disciples arrachaient et mangeaient des épis après les avoir froissés. Des pharisiens lui dirent :

– Pourquoi faites-vous ce qui n'est pas permis le jour du sabbat ?

Jésus leur répondit :

– N'avez-vous pas lu ce que dit David, un jour qu'il eut faim, de même que ses compagnons ? Il entra dans la maison de Dieu, prit les pains de l'offrande, en mangea, en distribua à ses compagnons alors que les prêtres seuls ont la permission d'en manger.

Puis il conclut :

– Le Fils de l'homme est maître du sabbat.

À quelque temps de là, Jésus demanda à ses disciples :

– Le Fils de l'homme, qui est-il, d'après ce que disent les hommes ?

Ils répondirent :

– Pour les uns, il est Jean-Baptiste ; pour d'autres, Élie ; pour d'autres encore, Jérémie ou l'un des prophètes.

– Et vous, que dites-vous ? Pour vous, qui suis-je ? insista-t-il.

– Tu es le Messie, le Fils du Dieu vivant !

– Heureux es-tu, Simon, fils de Yonas ; ce n'est pas la chair et le sang qui t'ont révélé cela, mais mon Père qui est aux cieux. Et moi, je te le déclare : tu es Pierre, et sur cette pierre je bâtirai mon Église ; et la puissance de la mort ne l'emportera pas sur elle. Je te donnerai les clefs du Royaume des Cieux ; tout ce que tu auras lié sur la terre sera lié dans les cieux, et tout ce que tu auras délié sur la terre sera délié dans les cieux.

16

Chaque jour, Marcus venait rôder autour du campement de Jésus pour tenter d'apercevoir Deborah. Il faisait même plus : il assistait aux prêches du maître. Un soir, n'y tenant plus, il s'approcha de lui et lui demanda :

– Peux-tu m'expliquer tes paroles ? Elles sont pour moi bien obscures.

– Crois-tu en moi ?

– Plus qu'en mon père !

– Celui qui croit en moi, ce n'est pas en moi qu'il croit, mais en Celui qui m'a envoyé. Moi qui suis la lumière, je suis venu dans le monde pour que celui qui croit en moi ne demeure pas dans les ténèbres. Si quelqu'un entend mes paroles et n'y reste pas fidèle, moi, je ne le jugerai pas, car je ne suis pas venu juger le monde, mais le sauver. Celui qui me rejette et n'accueille pas mes paroles aura un juge pour le condamner. La parole que j'ai prononcée, elle, le condamnera au dernier jour. Donc, ce que je déclare, je le déclare comme le Père me l'a dit. Comprends-tu cela, Marcus ?

– Je te mentirais en te répondant par l'affirmative. Cependant, je sens dans mon cœur que tes paroles sont justes et véridiques, et que tu es le Messie attendu par les Juifs. Crois-tu que je sois digne de recevoir le baptême ?

– Tout homme qui vient à moi avec le désir d'honorer mon Père en est digne. Viens demain au bord du fleuve, et je te baptiserai.

– J'y serai.

Le centurion romain s'éloigna et Jésus le regarda partir avec une émotion qui se lisait sur son visage.

Assise non loin de là, Deborah manifesta son mécontentement en s'agitant. Jésus s'approcha d'elle et lui demanda :

– Quelque chose te tracasse ?

– Je ne comprends pas ta sollicitude envers un de nos ennemis.

– Certes, il n'est pas juif, mais serait digne de l'être. Je te l'ai déjà dit : tout homme est l'enfant de Dieu.

– Tu ne parles pas sérieusement ?

– On ne peut plus sérieusement. T'ai-je habituée à prononcer des paroles en l'air ?

– Non, rabbi, mais ton intérêt pour ce Romain m'inquiète et je ne suis pas la seule. Tes disciples pensent la même chose que moi.

– Comme toi, ils ont tort. La conversion d'un Romain est agréable aux yeux de mon Père pour qui tous les hommes sont égaux et qu'Il aime comme ses fils.

– Mais ses pensées sont impures !

– Parce qu'il est amoureux de toi ? Il n'est pas le seul.

Deborah rougit.

– Je le sais, et cela me met mal à l'aise.

– Je lui parlerai, si tu le veux. Va, je désire être seul.

La jeune femme s'éloigna.

Jeanne la bouscula, suivie de Marie-Madeleine.

– Où courez-vous ainsi ? demanda Deborah.

– Ils veulent arrêter Jésus.

– Que dis-tu ?... Comment le sais-tu ?

– C'est Claudia, la femme de Ponce Pilate, qui est venue m'avertir. Les pharisiens et les scribes ne cessent de harceler son mari pour qu'il l'arrête, le fasse juger et mettre à mort.

– Mais pourquoi ?

– Selon eux, à cause des désordres occasionnés par son enseignement. Mais chacun sait que ce n'est là qu'un prétexte. En fait, ils sont jaloux de son succès auprès du peuple.

– Mais c'est un enseignement d'amour et de charité !

– Eux ne l'entendent pas ainsi.

Douloureusement impressionnée, Deborah laissa ses compagnes avertir Jésus. Peu après, Philippe la rejoignit :

– Qu'ont-elles ? Elles ont l'air bouleversées.

– Les Romains veulent arrêter Jésus à la demande du grand prêtre !

– Quoi ? Ce serait son peuple qui voudrait sa mort ?... Les disciples sont-ils au courant ?

– Je ne crois pas.

– Allons les prévenir.

Ils coururent vers leurs amis et leur annoncèrent la nouvelle. Judas s'emporta :

– C'est notre faute. Si nous avions agi, ils n'oseraient pas. Jésus le sait-il ?

– Jeanne et Marie-Madeleine l'avertissent.

– Qu'allons-nous faire ? demanda Jean d'une voix altérée.

– Prendre les armes et le défendre, décréta Simon le Zélote.

– Nous serons massacrés, objecta Luc.

– Tant mieux, nous mourrons avec lui !

N'ayant rien de mieux à faire, ils partirent chacun de son côté. Philippe et Deborah restèrent seuls.

– Il faut prévenir Marcus, dit cette dernière.

– Pourquoi Marcus ?

– Parce que Jésus a confiance en lui au point qu'il a accepté, à sa demande, de le baptiser.

– Un Romain ? !...

– Ne sommes-nous pas tous les enfants de Dieu ?

– Qui dit cela ?

– Jésus.

Jésus entra à Jérusalem et alla dans le Temple. Il inspecta du regard toutes choses et, comme c'était déjà le soir, il sortit avec les Douze pour aller à Béthanie.

Le lendemain, quand ils quittèrent Béthanie, Jésus eut faim. Voyant de loin un figuier qui portait des feuilles, il alla voir s'il trouverait quelque chose ; mais, en s'approchant, il ne trouva pas de fruits, car ce n'était pas la saison. Alors, il dit au figuier :

– Que jamais plus personne ne mange de tes fruits !

Ses disciples écoutaient sans comprendre.

Ils s'en revinrent à Jérusalem. Jésus rentra dans le Temple et se mit à en expulser ceux qui vendaient et ceux qui achetaient dans le lieu saint. Les marchands l'insultaient, les badauds s'enfuyaient en courant. Il renversa les comptoirs des changeurs et les sièges des marchands de colombes. Il jeta à terre les parfums, les lourds tissus, les soieries. Tous ceux qui portaient des marchandises, il les leur arracha des mains. Jésus ne laissait passer personne portant quoi que ce soit. Le parvis du Temple retentissait de cris de colère, d'imprécations ; bientôt on en vint aux mains. On appela la garde. Les prêtres et les scribes présents se dirent : « Après cela, nous pourrons le faire arrêter. Le procurateur de Rome ne peut accepter un tel désordre. » À ceux qui se pressaient autour de lui et lui demandaient pourquoi il se comportait ainsi, Jésus répondit :

– L'Écriture ne dit-elle pas : « Ma maison s'appellera maison de prières pour toutes les nations ? » Or vous en avez fait une caverne de bandits !

Quand le chef des prêtres apprit ce qui s'était passé, il chercha comment faire mourir le coupable.

Comme le soir tombait, Jésus et ses disciples allèrent hors de la ville.

Le lendemain, en passant, ils virent le même figuier desséché jusqu'aux racines. Simon Pierre, se rappelant ce qui s'était passé, dit à Jésus :

– Rabbi, regarde : le figuier que tu as maudit est desséché.

Alors Jésus leur déclara :

– Ayez foi en Dieu. Je vous le dis, tout homme qui dira à cette montagne : « Enlève-toi de là et va te jeter dans la mer », s'il ne doute pas dans son cœur, mais croit que ce qu'il dit va arriver, cela lui sera accordé. C'est pourquoi je vous le dis, tout ce que vous demandez dans la prière, croyez que vous l'avez déjà reçu, cela vous sera accordé. Et quand vous êtes là en train de prier, si vous avez quelque chose contre quelqu'un, pardonnez-lui, pour que le Père qui est aux cieux vous pardonne aussi vos fautes.

Jésus et ses disciples s'en revenaient de nouveau à Jérusalem et se dirigeaient vers le Temple quand le chef des prêtres, les scribes et les anciens, exaspérés qu'il eût chassé les marchands du lieu saint, vinrent le trouver et lui demandèrent :

– Par quelle autorité fais-tu cela ? Qui t'a donné autorité pour le faire ?

Jésus leur répondit :

– Je vais vous poser une seule question. Répondez-moi, et je vous dirai par quelle autorité je fais cela. Le baptême de Jean venait-il du Ciel ou des hommes ? Répondez-moi.

Les prêtres, les scribes et les anciens se firent en eux-mêmes ce raisonnement :

– Si nous disons : « Du Ciel », il va dire : « Pourquoi donc n'avez-vous pas cru en sa parole ? » Mais nous n'allons pas dire : « Des hommes. »

Ils redoutaient la foule, car tout le monde estimait que Jean était réellement un prophète. Ils répondirent donc à Jésus :

– Nous ne savons pas !

Alors Jésus leur dit :

– Moi non plus, je ne vous dirai pas par quelle autorité je fais cela.

À certains qui parlaient du Temple, admirant la beauté des pierres et les dons des fidèles pour en terminer la construction, Jésus dit :

– De ce que vous contemplez là, des jours viendront où il ne restera pas pierre sur pierre : tout sera détruit.

Ils lui demandèrent :

– Maître, quand cela adviendra-t-il, et quel sera le signe que cela va se réaliser ?

Jésus répondit :

– Prenez garde de ne pas vous laisser égarer, car beaucoup viendront sous mon nom en disant : « C'est moi », ou encore : « Le moment est proche. » Ne marchez pas derrière eux ! Quand vous entendrez parler de guerres et de soulèvements, ne vous effrayez pas : il faut que cela arrive d'abord, mais ce ne sera pas tout de suite la fin.

Il se tut un instant, puis ajouta :

– Mais, avant tout cela, on portera la main sur vous et on vous persécutera ; on vous livrera aux synagogues, on vous jettera en prison, on vous fera comparaître devant des rois et des gouverneurs à cause de mon nom. Vous serez livrés même par vos parents, vos frères, votre famille et vos amis, et ils feront mettre à mort certains d'entre vous. Vous serez détestés de tous à cause de mon nom. C'est par votre persévérance que vous obtiendrez la vie. Il y aura des signes dans le ciel, la lune et les étoiles. Sur terre, les nations seront affolées par le fracas de la mer et de la tempête. Les hommes mourront de peur dans la crainte des malheurs fondant sur le monde, car les puissances des cieux seront ébranlées. Alors on verra le Fils de l'homme venir dans la nuée avec grande puissance et grande gloire. Tenez-vous sur vos gardes de crainte que votre cœur ne s'alourdisse dans la débauche, l'ivrognerie et les soucis de la vie, et que ce jour-là ne tombe sur vous à l'improviste. Restez éveillés et priez en tout temps ; ainsi vous serez jugés dignes d'échapper à tout ce qui doit arriver, et de paraître debout devant le Fils de l'homme.

17

La fête des pains sans levain, qu'on appelle la Pâque, approchait. Les chefs des prêtres et des scribes étaient de plus en plus jaloux de l'influence de Jésus sur le peuple. D'un commun accord, ils décidèrent de le supprimer. Pour cela, il leur fallait un complice parmi les disciples. Un des prêtres connaissait Judas et son appartenance aux Zélotes. Un jour, l'ayant fait interpeller, il lui mit le marché en main :

– Ou nous arrêtons Jésus comme chef des Zélotes, ou c'est toi que nous accusons d'attaquer et de tuer des soldats romains.

– Mais c'est faux !... Jésus n'est pas le chef des Zélotes, au contraire !

– Que veux-tu dire par : au contraire ?

– Il est contre la lutte armée et ne désire pas le pouvoir ; il dit que le peuple juif n'est pas prêt.

– Il n'a pas tort. Tu es sûr qu'il ne recherche pas le pouvoir ? Ne dit-il pas qu'il est le roi des Juifs ?

– Il dit aussi que son royaume n'est pas de ce monde.

– Je ne comprends pas.

– Moi non plus. Pour lui, son royaume est celui des cieux.

– Il est fou !

– Non, il croit sincèrement ce qu'il dit, et d'autres le croient avec lui.

– Pas toi ?

– Non ! Je n'arrive pas à me faire à cette idée d'un royaume dans l'autre monde.

– C'est pour cela que tu veux chasser les Romains ?

– Ce sont les occupants de notre pays !

– Tu l'as dit, et comme tels ils ont tout pouvoir de châtier tous ceux ou toutes celles qui cherchent à les en chasser.

– Toutes celles ?...

– Tu m'as bien entendu. N'avez-vous pas avec vous une certaine Deborah, cette femme adultère qui a échappé à la lapidation grâce à ce maudit Nazaréen ?

– Ce n'est pas une femme adultère ! Son père et son époux en ont porté témoignage devant nous.

– Tu vas me dire aussi que Marie-Madeleine n'est pas une pécheresse ?

– Non... mais...

– Nous savons que celle que tu dis n'être pas adultère a participé à l'attaque de soldats romains, dont plusieurs ont été tués. C'était de la folie que de vous lancer si peu nombreux dans cette aventure. Vous avez eu à déplorer beaucoup de morts, je crois.

– Je n'en sais rien... Je ne sais pas de quoi tu parles.

– Un de vos compagnons, que les Romains ont interrogé un peu brutalement, leur a livré presque tous les noms de ses complices.

– C'est son affaire.

– C'est aussi la tienne, car il a dit que tu étais l'un des plus acharnés à vouloir combattre les Romains.

– On peut faire dire n'importe quoi sous la torture.

– Réfléchis bien, Judas. Ou tu nous donnes Jésus, ou nous te faisons arrêter et torturer. Va et réfléchis.

Judas quitta le grand prêtre dans un état d'hébétude qui le faisait marcher comme un homme ivre. Il arriva au campement dans l'espoir de trouver du réconfort. Il n'y avait là que Simon le Zélote et les femmes.

– Tu en fais, une tête ! On dirait que tu as vu le diable.

– Tais-toi et écoute-moi.

L'Iscariote fit le récit de son entrevue avec le grand prêtre. La réaction du Zélote fut immédiate :

– Il faut avertir Jésus sur-le-champ.

– Alors, ils m'arrêteront et me tortureront.

– Tu préfères que ce soit le maître ?

– Non, bien sûr... Tu as raison, je vais lui parler. Je ne l'ai pas encore vu. Où est-il ?

– Je n'en sais rien. Demande à sa mère.

– À sa mère ?... Je ne pourrai pas.

Deborah venait à eux, souriante.

– Vous faites une drôle de mine ! Quelque chose ne va pas ?

– Non, répondit le Zélote. Sais-tu où est Jésus ?

– Au Temple, je crois.

– Je m'en vais le retrouver, dit Judas.

Il s'éloigna d'un pas rapide, suivi des yeux par Simon le Zélote et Deborah.

– Tu le trouves dans son état normal ?... Ses yeux sont cernés et se détournent du regard des autres, ses mains tremblent, ses lèvres sont crispées comme si elles retenaient quelque horrible blasphème. Depuis un certain temps, quand je le croise, je suis saisie d'un sinistre pressentiment, comme si, de lui, devait nous venir un épouvantable malheur. À chacune de nos rencontres j'ai le cœur si serré que je crains qu'il ne se brise.

La pertinence du jugement de Deborah troubla le Zélote qui faillit lui faire part de sa conversation avec leur compagnon. Mais n'était-ce pas trahir la cause ?

– Je dois te laisser, j'ai du travail pour la Pâque.

Un curieux malaise avait envahi Deborah : elle avait l'impression que ses deux amis lui cachaient quelque chose. Perdue dans ses pensées, elle marchait sans but quand une voix lui fit lever les yeux :

– Te voilà bien songeuse.

Deborah sursauta ; en face d'elle se tenait Marcus.

– Tu m'as fait peur ! Que fais-tu ici ?

– Je te cherchais.

– Tu sais que je n'aime pas que tu viennes.

– Je le sais et en suis marri. Mais, aujourd'hui, j'ai quelque chose d'important à te dire.

– Dis vite !

– Tu dois quitter Jésus et Jérusalem, car tu es en danger.

– En danger de quoi ?

– De mort.

Le centurion avait l'air sincère.

– Explique-toi.

– Le grand prêtre, les scribes et les anciens veulent s'emparer de Jésus, le faire juger et mettre à mort.

– Pour quelle raison ?

– Ils le croient chef de ces rebelles, les Zélotes, qui veulent chasser Rome de Jérusalem.

– C'est absurde !... Jésus est contre toute violence.

– Je le sais et, à mon avis, ils le savent aussi.

– Alors ?

– Alors son enseignement d'amour et de charité, ses nombreux miracles leur font du tort.

– Est-ce suffisant pour l'envoyer à la mort ?

– Oh oui !

Deborah marchait de long en large devant le centurion ; son front plissé trahissait une profonde réflexion. Brusquement, elle s'arrêta devant le jeune homme et lui demanda en le regardant droit dans les yeux :

– Est-ce que tu l'aimes ?

Sans hésiter, le centurion répondit :

– Plus que je n'ai jamais aimé aucun homme.

– Alors, va le prévenir.

– Ce que tu me demandes n'est pas possible. Oublies-tu que je suis romain et que cela me rendrait coupable du crime de haute trahison ?

– Sans doute... Mais que fais-tu du repos de ton âme ?

Marcus resta silencieux.

– Réponds, au nom de notre amitié !

– De notre amitié ?

– De ton amour, si tu préfères.

– Je préfère, en effet. Écoute-moi bien : je donnerais ma vie pour lui, mais trahir mon pays, jamais !

– Bien, n'en parlons plus.

– Parlons-en, au contraire.

– Je n'en vois pas la nécessité, puisque tu refuses de l'aider.

– Je ne refuse pas, je ne peux pas.

Devant lui, Deborah se tenait tête baissée. Quand, après un long moment de silence, elle la releva, ses yeux étaient baignés de larmes. D'une voix altérée par l'émotion, elle murmura :

– Va-t'en !

Marcus eut un geste vers elle, qu'il retint, puis s'en fut à pas rapides.

Deborah se laissa tomber sur une pierre et pleura amèrement.

C'est ainsi que Jésus la trouva.

– Qu'as-tu ? demanda-t-il, en se penchant vers elle.

D'un geste enfantin, elle se jeta dans ses bras.

– Sauve-toi, ils veulent te tuer !

– Je sais.

D'un geste brusque, elle s'écarta de lui.

– Tu le sais et tu restes là sans bouger ?

– Ce qui est écrit doit advenir.

– Non !... Je ne veux pas !

Dans son cri de colère et de révolte, elle était magnifique. « On dirait une guerrière », pensa Jésus. Il lui demanda :

– Voudrais-tu que je désobéisse à mon Père ?

– Oui ! cria-t-elle.

– Je ne le peux ni ne le veux. Ce qui doit s'accomplir s'accomplira.

– Alors, tu vas mourir ?

– À cette vie, oui, mais je vivrai d'une Vie éternelle.

– C'est bien long, l'éternité !

Jésus eut un sourire.

– Après ma mort, tu porteras témoignage de mon enseignement et je vivrai en toi.

Des bruits de voix les interrompirent : les disciples revenaient.

– Je n'ai jamais vu autant de soldats dans Jérusalem. Il y en a devant chaque porte du Temple. Des patrouilles multiplient les contrôles et fouillent les pèlerins, dit Luc.

– On murmure dans les ruelles et les échoppes que les rebelles vont profiter de la Pâque pour lancer une attaque, précisa Jean.

– On redoute des émeutes, renchérit Luc.

– Soyez sans inquiétude, le Père veille sur Ses enfants.

18

Judas l'Iscariote alla trouver Jésus et lui demanda :

– Rabbi, puis-je te poser une question ?

– Je t'écoute.

– Depuis des jours et des jours, je repasse dans ma tête les mots terribles que tu m'as dits.

– Que t'ai-je dit ?

– Que je te trahirais.

Jésus considéra Judas avec tristesse.

– Parce que c'est la vérité.

– Comment peux-tu penser que je fasse une chose pareille. Je t'aime !

– Je le sais, Judas.

– Je t'aime au point de mourir pour toi.

– Je le sais, Judas.

– Alors je ne comprends pas. Explique-moi !

Levant les yeux au ciel, Jésus soupira, puis prit Judas contre lui :

– Mon ami, tu as été désigné de toute éternité et ce qui doit s'accomplir s'accomplira grâce à toi. Pour cela, tu dois me dénoncer.

– Te dénoncer !

– Oui, afin que je sois arrêté et crucifié.

Judas se laissa tomber à genoux et tendit ses mains vers Jésus.

– Je t'en supplie, n'exige pas cela de moi ! Je ferai tout ce que tu voudras, mais pas cela !

– C'est pourtant ce que tu dois faire. Sans toi, les Écritures ne pourraient s'accomplir, et ça, je ne le veux pas. Pour faire ce que je te demande, il te faut beaucoup d'amour.

– Tu appelles amour le fait de te dénoncer ?

– Oui, Judas. Pour cela, c'est toi que j'ai choisi, car je sais ton amour pour moi comme tu sais le mien pour toi.

– Si tu m'aimais comme tu le dis, Seigneur, tu aurais pitié de moi.

– J'ai pitié de toi, Judas. Oh oui, grande pitié ! J'ai prié mon Père pour que tu n'aies pas à faire cela. Il m'a répondu : « Ce qu'il doit faire, nul autre que lui ne le peut. Je mets entre ses mains le sort de mon Fils bien-aimé. »

– Comment un père peut-il désirer la mort de son fils et exiger de moi, son ami, que je le trahisse ?

– Parce qu'il doit en être ainsi.

– N'es-tu pas le Fils de Dieu ?

– C'est toi qui le dis.

– Alors, tu ne mourras point !

Jésus sourit.

– Tu as raison, je ne mourrai pas.

– Alors, pourquoi tout cela ?

– Je te l'ai dit : pour que s'accomplisse la Parole de l'Écriture et que les hommes croient en moi.

– Mais nous croyons en toi !

– Vous, sans doute... Maintenant, va. J'ai besoin de prier mon Père.

Judas partit, la mort dans l'âme. Il marchait droit devant lui, bousculant parfois des passants qui s'arrêtaient, prêts à l'invectiver, mais, devant son visage ravagé, ses yeux exorbités, ses mots incohérents, ils s'écartaient de lui et pressaient le pas.

Judas pénétra dans Jérusalem et s'en fut directement au Temple où il alla trouver les chefs des prêtres pour voir avec eux comment il leur livrerait Jésus. Tous se réjouirent de sa venue et décidèrent de lui verser de l'argent.

Quand arriva le jour de la fête des pains sans levain, où il fallait immoler l'agneau, Jésus envoya Pierre et Jean en leur disant :

– Allez faire les préparatifs de notre repas pascal.

– Que veux-tu que nous fassions ? demandèrent-ils.

– Quand vous entrerez dans la ville, vous y rencontrerez un homme portant une cruche d'eau ; suivez-le dans la maison où il pénétrera, et vous direz au propriétaire de cette maison : « Le maître te fait dire : "Où est la salle où je pourrais manger la Pâque avec mes disciples ?" » Cet homme vous montrera, à l'étage, une grande pièce aménagée pour le repas. Faites-y les préparatifs, car mon temps est proche.

Venant de Béthanie, Jésus et ses disciples – hormis Judas –, les femmes qui l'accompagnaient habituellement, Philippe et Deborah approchaient de Jérusalem. Il envoya Jean et Marc en disant :

– Allez au village qui est en face de vous. Dès l'entrée, vous y trouverez attaché un petit âne que personne n'a encore monté. Détachez-le et amenez-le. Si on vous demande : « Que faites-vous ? », répondez : « Le Seigneur en a besoin : il vous le rendra aussitôt. »

Les deux disciples partirent et virent un ânon attaché dans la rue près d'une porte. Ils le détachèrent. Des gens qui se trouvaient là leur demandèrent :

– Qu'avez-vous à détacher ce bourricot ?

Ils répondirent ce que Jésus leur avait dit et on les laissa faire. Ils conduisirent l'âne à Jésus, qu'ils couvrirent d'un de leurs manteaux. Ceux qui marchaient devant eux et ceux qui suivaient crièrent :

– Hosanna ! Béni soit Celui qui vient au nom du Seigneur ! Béni le règne qui vient, celui de notre père David ! Hosanna au plus haut des cieux !

La foule les suivaient en répétant :

– Hosanna !... Hosanna !...

Ils se dirigèrent vers la demeure où devait avoir lieu le repas pascal. Jésus descendit de sa monture et entra dans la maison où le propriétaire l'accueillit et le conduisit dans la chambre haute où était dressée la table du repas. Judas s'y trouvait déjà. Jésus quitta son manteau et prit un linge qu'il noua autour de sa taille, demanda de l'eau qu'il versa dans un bassin. Puis, s'approchant de ses disciples qui s'étaient assis, il leur lava les pieds. Arrivé devant Pierre, celui-ci se récria :

– Toi, Seigneur, tu veux me laver les pieds !

Jésus lui déclara :

– Ce que je veux faire, tu ne le sais pas maintenant ; plus tard, tu comprendras.

Pierre lui dit :

– Tu ne me laveras pas les pieds ; non, jamais !

Jésus lui répondit :

– Si je ne te lave pas les pieds, tu n'auras point de part avec moi.

Pierre lui dit :

– Alors, Seigneur, pas seulement les pieds, mais aussi les mains et la tête !

Jésus lui répondit :

– Quand on vient de prendre un bain, on n'a pas besoin de se laver : on est pur des pieds à la tête. Vous-mêmes, vous êtes purs... Mais non, pas tous !

Subjugués, ils ôtèrent leurs sandales.

Après leur avoir lavé les pieds, il rendossa son vêtement, s'assit à table avec eux et leur dit :

– Comprenez-vous ce que je viens de faire ?... Vous m'appelez Maître et Seigneur, et vous avez raison, car je le suis. Si donc moi, Seigneur et Maître, je vous ai lavé les pieds, vous aussi, vous devez vous laver les pieds les uns les autres. C'est un exemple que je vous ai donné afin que vous vous fassiez aussi ce que j'ai fait pour vous. Je vous le dis : le serviteur n'est pas plus grand que le maître, le messager n'est pas plus grand que celui qui l'envoie. Si vous savez cela, heureux êtes-vous, pourvu que vous le mettiez en pratique. Je ne parle pas pour vous tous. Moi, je sais quels sont ceux que j'ai choisis, mais il faut que s'accomplisse la parole de l'Écriture : celui qui partageait mon pain a voulu me faire tomber. Je vous dis ces choses dès maintenant, avant qu'elles n'arrivent ; ainsi, lorsqu'elles arriveront, vous croirez en moi.

D'un geste, Jésus leur fit signe de s'installer pour le repas. Puis, quand ils furent assis, il reprit la parole :

– J'ai ardemment désiré manger cette Pâque avec vous avant de souffrir. Car je vous le déclare : jamais plus désormais je ne boirai du fruit de la vigne jusqu'à ce que vienne le règne de Dieu.

Il se tut à nouveau quelques instants et, d'une voix émue, poursuivit :

– Je vous le dis : l'un de vous, qui mange avec moi, me livrera.

Profondément affligés, ils se mirent à lui demander l'un après l'autre :

– Serait-ce moi, Seigneur ?

– Malheureux l'homme par qui le Fils de l'homme est livré ! Il vaudrait mieux que cet homme ne soit pas né !

Judas ne put s'empêcher de demander :

– Rabbi, serait-ce moi ?

– C'est toi qui l'as dit, répondit Jésus.

Au côté de Jésus se tenait Jean, celui qu'il aimait tendrement. Pierre lui fit signe de demander à Jésus de qui il voulait parler. Jean appuya sa tête contre l'épaule de son maître et demanda :

– Seigneur, qui est-ce ?

– Celui à qui j'offrirai la bouchée que je vais tremper dans le plat.

Alors il trempa la bouchée et la tendit à Judas, fils de Simon l'Iscariote.

Quand Judas eut mangé la bouchée, Jésus lui dit :

– Ce que tu as à faire, fais-le vite !

Mais aucun des convives ne comprit le sens de ces paroles. Comme Judas tenait la bourse commune, certains pensèrent que Jésus voulait lui dire d'aller acheter ce qu'il fallait pour la fête, ou de remettre quelque chose aux pauvres.

Judas sortit. Il faisait nuit.

Quand il fut parti, Jésus déclara :

– Maintenant, le Fils de l'homme est glorifié, et Dieu est glorifié en lui. Si Dieu est glorifié en lui, Dieu, en retour, lui donnera Sa propre gloire ; et Il la lui donnera bientôt. Mes petits enfants, je suis encore avec vous pour peu de temps, et vous me chercherez. J'ai dit aux Juifs : « Là où je m'en vais, vous ne pourrez pas aller. » Je vous le dis maintenant à vous aussi. Je vous donne un commandement nouveau : c'est de vous aimer les uns les autres comme je vous ai aimés. Ce qui montrera à tous les hommes que vous êtes mes disciples, c'est l'amour que vous aurez les uns pour les autres.

Pierre demanda :

– Seigneur, où vas-tu ?

Jésus lui répondit :

– Là où je m'en vais, tu ne peux me suivre pour l'instant ; tu me suivras plus tard.

– Seigneur, pourquoi ne puis-je pas te suivre maintenant ? Je donnerais ma vie pour toi !

– Tu donnerais ta vie pour moi ? Je te le dis, Pierre : le coq ne chantera pas avant que tu ne m'aies renié par trois fois.

Les yeux de Pierre se remplirent de larmes. Jésus poursuivit :

– Ne soyez pas bouleversés : vous croyez en Dieu, croyez aussi en moi. Dans la maison de mon Père, beaucoup peuvent trouver leur demeure ; sinon, est-ce que je vous aurais dit : je pars vous préparer une place ? Quand je serai allé vous la préparer, je reviendrai vous prendre avec moi ; et là où je suis, vous serez aussi. Pour aller où je m'en vais, vous savez le chemin.

Thomas répliqua :

– Seigneur, nous ne savons même pas où tu vas ; comment pourrions-nous savoir le chemin ?

– Moi, je suis le Chemin, la Vérité et la Vie ; personne ne va vers le Père sans passer par moi. Puisque vous me connaissez, vous connaîtrez aussi mon Père. Dès maintenant, vous Le connaissez, et vous L'avez vu.

Philippe, un des disciples, prit la parole à son tour :

– Seigneur, montre-nous le Père ; cela nous suffit.

– Il y a si longtemps que je suis avec vous, et tu ne me connais pas, Philippe ! Celui qui m'a vu, a vu le Père. Comment peux-tu dire : « Montre-nous le Père » ? Tu ne crois donc pas que je suis dans le Père et que le Père est en moi ? Les paroles que je vous dis, je ne les dis pas de moi-même ; mais c'est le Père qui demeure en moi, et qui accomplit Ses propres œuvres. Croyez ce que je vous dis : je suis dans le Père, et le Père est en moi ; si vous ne croyez pas ma parole, croyez au moins à cause de mes œuvres. Si vous m'aimez, vous resterez fidèles à mes commandements. D'ici peu, le monde ne me verra plus, mais vous, vous me verrez vivant, et vous vivrez aussi !

Luc lui demanda :

– Seigneur, pour quelle raison vas-tu te manifester à nous, et non pas au reste du monde ?

– Si quelqu'un m'aime, il restera fidèle à ma parole ; mon Père l'aimera, nous viendrons chez Lui, nous demeurerons auprès de Lui. C'est la paix que je vous laisse, c'est ma paix que je vous donne ; ce n'est pas à la manière du monde que je vous la donne. Ne soyez donc pas bouleversés ni effrayés. Vous avez entendu ce que j'ai dit : je m'en vais et je reviens vers vous. Si vous m'aimiez, vous seriez dans la joie, puisque je pars vers le Père, car le Père est plus grand que moi. Je vous ai dit toutes ces choses maintenant avant qu'elles n'arrivent ; ainsi, lorsqu'elles arriveront, vous croirez.

Puis il prit une coupe remplie de vin, rendit grâces et dit :

– Prenez et buvez-en tous, car ceci est mon sang, le sang de l'Alliance, répandu pour la multitude en rémission des péchés. Je vous le dis : désormais, je ne boirai plus de ce fruit de la vigne jusqu'au jour où je boirai un vin nouveau avec vous dans le royaume de mon Père.

Il prit le pain, le bénit, le rompit et leur en donna en disant :

– Ceci est mon corps, donné pour vous. Faites cela en mémoire de moi.

Après avoir chanté les psaumes, Jésus se leva et sortit pour aller se rendre au mont des Oliviers. Ses disciples le suivirent. Tout en marchant, il leur dit :

– Cette nuit, je serai pour vous tous une occasion de chute ; car il est écrit : « Je frapperai le berger, et les brebis du troupeau seront dispersées. » Mais, après que je serai ressuscité, je vous précéderai en Galilée.

– Si tous viennent à tomber à cause de toi, moi je ne tomberai jamais ! dit Pierre.

– Je te le redis : cette nuit même, avant que le coq ne chante, tu m'auras renié trois fois.

– Même si je dois mourir avec toi, je ne te renierai pas !

Et tous les disciples en dirent autant.

Ils sortirent et parvinrent à un domaine appelé Gethsémani. Jésus dit à ses compagnons :

– Restez ici pendant que je m'en vais là-bas pour prier.

Il emmena Pierre, ainsi que les fils de Zébédée, Jacques et Jean. Envahi de tristesse et d'angoisse, Jésus leur dit :

– Mon âme est triste à en mourir. Demeurez ici et veillez avec moi. Priez pour ne pas entrer en tentation.

– Seigneur, si ton âme est triste, que doit être la nôtre devant ton chagrin que nous sommes impuissants à consoler ? sanglota Jean.

Jésus l'attira à lui et l'embrassa. Puis il s'écarta à la distance d'un jet de pierre environ, tomba face contre terre et pria :

– Mon Père, s'il est possible, éloigne de moi cette coupe ; cependant, non comme je veux, mais comme Tu veux.

Dans l'angoisse, Jésus priait avec plus d'insistance ; et sa sueur devint comme des gouttes de sang qui tombaient jusqu'à terre. Après cette prière, il se leva et rejoignit ses disciples qu'il trouva endormis à force de tristesse. Il dit à Pierre :

– Ainsi, vous n'avez pas eu la force de veiller une heure avec moi ? Veillez et priez pour ne pas entrer en tentation : l'esprit est ardent, mais la chair est faible.

Il retourna prier une deuxième fois :

– Mon Père, si cette coupe ne peut passer sans que je la boive, que Ta volonté soit faite !

Il revint vers ses disciples qu'il trouva à nouveau endormis. Avec un triste sourire, il les laissa et retourna prier, répétant les mêmes paroles. Puis il revint vers eux une nouvelle fois et leur dit :

– Désormais, vous pouvez dormir et vous reposer ! La voici toute proche, l'heure où le Fils de l'homme est livré aux mains des pécheurs. Levez-vous ! Allons ! Le voici tout proche, celui qui me livre !

Jésus parlait encore quand Judas, qui connaissait l'endroit, arriva avec un détachement de soldats et des gardes envoyés par le chef des prêtres, les scribes et les anciens. Ils avaient des lanternes, des torches et des armes. Le traître leur avait donné un signe convenu :

– Celui que j'embrasserai, c'est lui : arrêtez-le et emmenez-le sous bonne escorte.

À peine arrivé, il s'approcha de Jésus et lui dit en l'embrassant :

– Salut, rabbi.

– Mon ami, fais ta besogne, lui dit Jésus.

Les soldats et les gardes du Temple l'entourèrent. Jésus leur demanda :

– Qui cherchez-vous ?

– Jésus.

– C'est moi, répondit-il. Suis-je donc un bandit pour que vous soyez venus m'arrêter avec des épées et des bâtons ? Chaque jour, j'étais parmi vous dans le Temple où j'enseignais, et vous ne m'avez pas arrêté. Mais il faut que les Écritures s'accomplissent.

Ils reculèrent. Il leur demanda à nouveau :

– Qui cherchez-vous ?

Ils répondirent :

– Jésus, le Nazaréen.

– Je vous l'ai dit : c'est moi. Si c'est bien moi que vous cherchez, ceux-là, laissez-les partir !

Alors Pierre, qui avait une épée, la tira du fourreau et frappa le serviteur du grand prêtre et lui coupa l'oreille droite. Le nom du serviteur était Malcus. Jésus dit à Pierre en touchant l'oreille du blessé qui arrêta de saigner :

– Rentre ton épée, car ceux qui prennent l'épée périront par l'épée. Crois-tu que je ne puisse faire appel à mon Père, qui mettrait aussitôt à ma disposition plus de douze légions d'anges ? Mais alors, comment s'accompliraient les Écritures ? D'après elles, c'est ainsi que tout doit se passer.

Devant le nombre, ses disciples s'enfuirent.

Alors les soldats et les gardes juifs se saisirent de Jésus et l'enchaînèrent. Ils l'emmenèrent d'abord chez Anne, beau-père de Caïphe, le grand prêtre de cette année-là.

Pierre, revenu sur ses pas, suivit de loin la troupe. Il entra dans la cour de la maison du grand prêtre. Comme il faisait froid, les gardes avaient allumé un feu.

Pierre s'approcha pour se réchauffer à son tour. Une servante le remarqua.

– N'es-tu pas, toi aussi, un des disciples de cet homme-là ?

– Non, je ne le suis pas.

Peu après, une autre dit en le voyant :

– Toi aussi, tu en faisais partie !

Pierre répondit :

– Non, je n'en suis pas.

Une heure plus tard, une autre insista :

– C’est sûr, celui-là était avec lui, et d’ailleurs il est galiléen !

Pierre rétorqua :

– Je ne vois pas ce que tu veux dire.

À l’instant même, le coq chanta. Jésus, que l’on avait poussé dans un recoin de la cour, se retourna et posa son regard sur Pierre, et Pierre se rappela la parole que le Seigneur lui avait dite : « Avant que le coq ne chante aujourd’hui, tu m’auras renié trois fois. »

Il sortit et pleura amèrement.

19

Deborah et les femmes qui suivaient Jésus se réunirent chez Myra, l'aubergiste, pour la Pâque. Toutes avaient revêtu leurs plus beaux atours. Jeanne et Marie-Madeleine étaient les plus élégantes, arborant tous leurs bijoux. Les autres étaient vêtues plus simplement. Rachel, la femme de Pierre, portait une robe d'un rose fuchsia qui faisait ressortir ses formes rebondies. Celle de la mère de Jésus était du même bleu que ses yeux, et son manteau d'un rouge sombre. Quant à Deborah, elle portait une tunique d'un blanc éclatant dont la simplicité faisait ressortir la beauté. Leur hôtesse avait dressé la table sur la terrasse. Elle et ses filles servaient.

Marie, la mère de Jésus, semblait triste et souffrante. Marie-Madeleine s'approcha et lui demanda d'une voix inquiète :

– Qu'as-tu, Marie ? Serais-tu malade ?

– Non, mais un grand froid s'est répandu dans mon âme.

– C'est à cause de ton fils ?

– J'ai de mauvais pressentiments ; en songe, je l'ai vu flagellé et battu.

– Ce n'est qu'un mauvais rêve ; cela ne se peut.

– Puisses-tu avoir raison ! Mais je ne veux pas gâcher ce repas pascal. Myra, tu nous as préparé un festin digne de gens très riches, ce que nous ne sommes pas.

– Pouvais-je faire autrement pour honorer la mère du Seigneur ? Bois un peu de ce vin, dit l'hôtesse, il vient de mes vignes.

Marie porta la coupe à ses lèvres et but une gorgée.

– Il est excellent.

– Merci.

– Goûte un peu ces pigeons rôtis dans le miel.

Marie goûta aux pigeons.

– C'est un délice.

– Et cet agneau ?

– Une merveille.

Les autres femmes faisaient honneur aux plats avec gourmandise et gaieté.

– Crois-tu que le repas de Jésus est aussi bon ? demanda Deborah à Marie.

– Je l'espère, car mon fils apprécie les bonnes choses.

Quand on apporta les gâteaux et les fruits, toutes s'écrièrent :

– Nous n'en pouvons plus !

Philippe et Josué, qui les avaient accompagnées, ne partageaient pas leurs agapes ; ils étaient isolés dans une pièce voisine. Malgré cela, Myra veilla à ce qu'ils ne manquassent de rien. Elle était particulièrement attentive à ce que Philippe eût toujours sa coupe pleine. Quand le repas fut terminé, le jeune homme se sentit un peu gris.

– Je crois avoir abusé de ton vin.

– Tu n'as presque rien bu.

– Détrompe-toi ! Je dois rester lucide pour raccompagner les femmes. Avec tous ces soldats et ces pèlerins, je ne suis pas tranquille.

– Tu as tort, parmi cette foule elles ne risquent rien.

– Je l'espère.

– Goûte encore cette liqueur de rose, je la fais venir de Damas.

– Ce n'est pas raisonnable !

– Ce n'est pas à ton âge qu'on doit être raisonnable. Quand tu seras devenu un vieux ronchon, tu auras tout le temps.

– Pourquoi deviendrais-je un vieux ronchon ?

– Parce que la plupart des hommes le deviennent avec les années.

Deborah entra, les joues roses.

– Tu ne t'es pas trop ennuyé ? demanda-t-elle.

– Non, car Myra s'est occupée de moi comme une mère.

– Marie désire partir... Son état de santé me préoccupe. N'as-tu pas remarqué sa pâleur, ses mains tremblantes ?

– Non. Un peu de fatigue, sans doute.

– Peut-être as-tu raison. Je demanderai à Luc de l'examiner. Tu m'as l'air d'avoir bu... Es-tu en état de nous raccompagner ?

– Tu plaisantes, j'espère ?

À peine avait-il dit ces mots qu'en se levant il tituba et se retint à la nappe qu'il entraîna dans sa chute. Quand il se releva, il était écarlate.

– Tu es ivre comme Noé ! Viens, appuie-toi sur moi, ordonna Deborah.

Ils sortirent ensemble et rejoignirent les femmes qui les attendaient dans le jardin. Tout de suite, Marie-Madeleine remarqua son ébriété.

– Je crois que c'est nous qui allons te reconduire, dit-elle avec un rire de gorge.

– Donne-moi le bras, ordonna Rachel, je suis de taille à nous défendre tous !

Ils arrivèrent sans encombre au campement. Deborah poussa Philippe sur sa natte où il s'endormit aussitôt. Sans bruit, elle ressortit. Dehors, Marcus l'attendait.

– Ils ont arrêté Jésus !

– Quoi ?... Quand ?...

– Il y a une heure environ ; un de mes hommes est venu me prévenir.

– Il faut aller le libérer !

– Ce n'est pas possible ; il est trop bien gardé.

– Comment est-ce arrivé ?

– Il a été trahi.

– Trahi !... Mais par qui ?

– Par l'un d'entre vous.

Les yeux écarquillés, elle s'écria :

– Je ne te crois pas !

À ce moment-là, Jeanne les rejoignit et regarda Deborah d'un air sévère.

– Ce n'est pas convenable de rester seule avec un étranger.

– Je m'en moque ! Au diable les convenances ! Jésus a été arrêté...

Jeanne tituba et, incapable d'articuler un mot, regarda tour à tour Deborah et Marcus. Puis, se reprenant, elle jeta :

– Je vais chez Claudia.

– La femme de Ponce Pilate ? demanda Marcus.

– Oui.

– Je t'accompagne.

– Merci, avec toi les gardes ne me repousseront pas.

– Je viens avec vous.

– Non ! Marie va avoir besoin de toi.

Désemparée, Deborah les regarda partir.

La nuit avait fraîchi. Tout était calme dans le camp. Sous sa tente, Marie priait. Jamais elle n'avait éprouvé une pareille angoisse en pensant à son fils. Pas même au moment où il leur avait annoncé, à Joseph et à elle, qu'il voulait voyager à travers le monde pour parfaire sa connaissance des hommes ; il avait alors tout juste vingt ans. Rien, ni les larmes de sa mère, ni les objections de Joseph n'avait eu raison de sa détermination.

– Pour enseigner aux hommes la Loi de mon Père, je dois connaître leurs coutumes, leurs croyances, leurs dieux, leur avait-il répondu.

Il était parti par un clair matin d'hiver et avait fait route pour l'Égypte où il était resté six mois. De là il était passé en Grèce où les plus grands philosophes s'étonnaient de ses connaissances et de sa sagesse. Se mêlant aux caravanes, il était remonté jusqu'en Chine où il avait été initié à l'astrologie par des adeptes de Confucius. Au bout d'une année, il était allé en Inde où il avait séjourné dans un monastère bouddhiste.

Très vite, le supérieur des moines mendiants avait remarqué ses grandes capacités, son esprit élevé et son humilité. Sur les conseils de son maître spirituel, il s'était rendu à l'endroit de la naissance du Bouddha, au lieu-dit Lumbini, et c'est là, au pied de la colonne commémorative élevée par le roi Asoka, qu'il avait reçu l'Éveil. Peu après, il était retourné dans son monastère et était redevenu le moine respectueux qu'il était avant son voyage. Néanmoins, son maître, un saint homme auquel il vouait le plus grand respect, lui avait conseillé de retourner dans son pays, disant que sa place n'était pas parmi eux, mais sur sa terre natale où devait s'accomplir son destin. Jésus avait quitté à regret le monastère et était parti avec la bénédiction de tous les moines. Près de dix ans s'étaient alors écoulés pour lui loin de la terre d'Israël. Revenu dans sa patrie, il avait appris la mort de Joseph. Longuement il s'était recueilli sur sa tombe. Puis il avait repris son métier de charpentier. À la suite d'une profonde méditation, entrecoupée de jeûnes et de prières, il avait abandonné ce métier pour se consacrer à l'enseignement des textes sacrés. Quand ses amis et ses frères lui avaient demandé de raconter ses voyages, il avait éludé, les renvoyant à leurs travaux. À Deborah et à Marie-Madeleine, et à elles seules, il avait parlé du Bouddha et de sa sagesse :

– Mon père connaissait sa doctrine et me disait que, par bien des points, son enseignement était proche du nôtre, dit Deborah. Cependant, elle différait sur un fait important...

– Lequel ? avait demandé Jésus.

– La réincarnation.

Jésus n'avait pas répondu.

– Qu'en penses-tu ? avait insisté Deborah.

– Nous ignorons tant de choses... Cependant, pour celui qui toute sa vie a été humble et généreux, je ne trouve rien à redire s'il se réincarne en fleur ou en animal.

Deborah l'avait regardé intensément, songeuse...

Il y eut dans le camp des bruits de voix. « C'est peut-être Jésus qui revient », pensa Deborah.

Ce n'était pas le maître, mais Jeanne et Marcus qui s'en retournaient après avoir vu Claudia. Tous les disciples se pressèrent autour d'eux.

– Alors ? demandèrent-ils les uns après les autres.

Jeanne prit la parole :

– Quand nous avons quitté Claudia, Jésus était toujours chez Caïphe où on l'interrogeait.

– Avez-vous vu Pilate ? demanda Thomas.

– Non, il a refusé de nous recevoir, mais nous a fait dire, par l'intermédiaire de sa femme, qu'il n'avait rien contre Jésus, et qu'il prendrait sa décision après leur entrevue.

– Quand doit-elle avoir lieu ? demanda Marie-Madeleine.

– Après que Jésus aura été entendu par le grand prêtre, les scribes et les anciens.

Pendant ce temps-là, les hommes qui gardaient Jésus se moquaient de lui et le maltraitaient.

Lorsqu'il fit jour, le chef des prêtres, les scribes et les anciens se réunirent et ordonnèrent d'amener le prisonnier devant leur Grand Conseil. Ils lui dirent :

– Si tu es le Messie, dis-le-nous !

– Si je vous le dis, vous ne me croirez pas ; et si je vous interroge, vous ne répondrez pas. Mais, désormais, le Fils de l'homme sera assis à la droite du Dieu tout-puissant.

Tous lui dirent alors :

– Tu es donc le Fils de Dieu ?

– C'est vous qui dites que je le suis.

Ils répliquèrent :

– Pourquoi nous faut-il encore un témoignage ? Nous-mêmes, nous l'avons entendu de sa bouche. Nous t'avons également entendu dire : « Je détruirai ce temple fait de main d'homme, et, en trois jours, j'en bâtirai un autre qui ne sera pas fait de main d'homme. »

Puis ils le questionnèrent sur ses disciples et sur son enseignement. Jésus leur répondit :

– J'ai parlé au monde ouvertement. J'ai toujours enseigné dans les synagogues et dans le Temple, là où tous les Juifs se réunissent, et je n'ai jamais parlé en cachette. Pourquoi me questionnez-vous ? Ce que j'ai dit, demandez-le à ceux qui sont venus m'entendre. Eux savent ce que j'ai dit.

À cette réponse, un des gardes, qui était à côté de Jésus, lui donna une gifle en disant :

– C'est ainsi que tu réponds au grand prêtre ?

Jésus lui répliqua :

– Si j'ai mal parlé, montre ce que j'ai dit de mal ; mais si j'ai bien parlé, pourquoi me frappes-tu ?

– Parce que tu dis que tu es le Fils de Dieu !

– C'est toi qui le dis.

– Cela suffit ! s'écria le grand prêtre. Nous n'avons pas besoin de témoins, vous avez entendu le blasphème. Quel est votre avis ?

Tous déclarèrent qu'il méritait la mort.

Quelques-uns se mirent à cracher sur lui, couvrirent son visage d'un voile et le rouèrent de coups.

Le bruit courut dans Jérusalem que Jésus avait été condamné à mort. Judas entendit cette rumeur et se mit à pleurer. Il se traîna jusque chez Caïphe et vit passer Jésus que l'on conduisait chez Pilate. Il fut pris de remords et entra dans le palais du grand prêtre pour rendre l'argent qu'il avait reçu comme prix de sa trahison. Quand il fut en sa présence, il dit :

– J'ai péché en livrant à la mort un innocent.

Caïphe répliqua :

– Qu'est-ce que cela nous fait ? Cela te regarde !

Judas jeta alors à terre les pièces d'argent et se retira. Les chefs ramassèrent l'argent et dirent :

– Il n'est pas permis de le verser au trésor, puisque c'est le prix du sang.

Après avoir tenu conseil, ils achetèrent avec cette somme le champ du Potier pour y enterrer les étrangers. Voilà pourquoi ce champ a été appelé jusqu'à ce jour le champ du Sang. Ainsi s'est accomplie la parole transmise par le prophète Jérémie : « Ils prirent les trente pièces d'argent, le prix de celui qui fut mis à prix par les enfants d'Israël, et ils les donnèrent pour le champ du Potier, comme le Seigneur l'avait ordonné. »

Judas s'éloigna en pleurs. Sur un chantier, ses pieds heurtèrent une corde. Machinalement, il la ramassa puis marcha vers les murs de la ville et sortit dans la campagne. Il allait, rempli de peine, s'arrêtant de temps à autre pour demander pardon à Dieu de sa trahison.

« Qu'ai-je fait ? se disait-il. Existe-t-il crime plus grand que le mien ? En trahissant Jésus, j'ai trahi mes compagnons, et surtout cette femme que j'aime et je respecte : Marie, sa mère. Comment pourraient-ils me pardonner d'avoir livré cet homme, le Fils de Dieu, le Messie ? Jamais ils ne croiront que c'est à sa demande, sur son ordre, que j'ai fait cela ! »

Il tomba à genoux et tendit ses mains vers le ciel.

– Seigneur, je ne suis pas digne de ta pitié !... Ôte-moi la vie ! Sans Jésus, mes jours n'ont plus aucun sens !

D'où il était, il pouvait apercevoir les remparts de Jérusalem. Il tendit le poing dans sa direction.

– Ville maudite qui n'as pas su reconnaître en Jésus le Messie ! Que son sang retombe sur toi et sur tes enfants, maintenant et pour les générations à venir !

Allongé face contre terre, il vomit de la bile.

– Que la terre s'entrouvre et m'ensevelisse ! hurla-t-il.

Judas se redressa et essuya ses lèvres souillées du revers de la main.

Un grand arbre se dressait devant lui. Il s'avança, s'appuya contre le tronc rugueux et posa sa bouche sur l'écorce :

– Arbre, mon ami, toi, tu ne me juges pas. Sois mon dernier compagnon. Permets-moi d'accrocher cette corde à une de tes branches.

Ce qu'il fit. Prenant un des bouts de la corde, il confectionna un nœud coulant qu'il passa autour de son cou.

– Ô Seigneur ! Ce que je vais faire est interdit par Ta Loi. Cependant, vois mon désespoir. Jésus, Ton

Fils, m'a dit qu'au moment de ma mort il serait à mon côté. J'ai foi en sa parole !

Une grosse pierre se trouvait au pied de l'arbre ; Judas y monta et accrocha la corde à la branche. D'un brusque mouvement du pied, il fit rouler la pierre et son corps se balança au bout de la corde. Ses pieds battirent l'air quelques instants. Juste avant de sombrer dans la mort, il vit dans une nuée le visage couvert de pleurs de Jésus. Alors il sut qu'il était pardonné et il rendit l'âme.

Son corps fut retrouvé quelques jours plus tard à moitié dévoré par les vautours.

20

Quand le jour fut levé, les prêtres et les scribes emmenèrent Jésus chez Pilate pour le faire condamner. Les prêtres n'entrèrent pas eux-mêmes dans le palais, car ils voulaient éviter une souillure qui les aurait empêchés de manger l'agneau pascal. Pilate vint au-dehors pour leur parler :

– Quelle accusation portez-vous contre cet homme ?

Ils lui répondirent :

– S'il ne s'agissait pas d'un malfaiteur, nous ne te l'aurions pas livré.

Pilate leur dit :

– Reprenez-le et vous le jugerez vous-mêmes suivant votre loi.

– Nous n'avons pas le droit de mettre quelqu'un à mort.

Pilate se tourna vers Jésus et l'interrogea :

– Es-tu le roi des Juifs ?

– Dis-tu cela de toi-même, ou bien parce que d'autres te l'ont dit ?

– Est-ce que je suis juif, moi ? Ta nation et les chefs des prêtres t'ont livré à moi : qu'as-tu donc fait ?

– Ma royauté ne vient pas de ce monde ; si ma royauté venait de ce monde, j'aurais des gardes qui se seraient battus pour que je ne sois pas livré aux Juifs. Non, ma royauté ne vient pas d'ici.

– Alors, tu es roi ?

– C'est toi qui dis que je suis roi. Je suis né, je suis venu au monde pour ceci : rendre témoignage à la Vérité. Tout homme qui appartient à la vérité écoute ma voix.

– Qu'est-ce que la vérité ?

Jésus ne répondit pas.

Pilate regarda intensément cet homme sur lequel il avait droit de vie ou de mort, et se sentit troublé par sa dignité. À ce moment-là, sa femme entra suivie d'une servante. Claudia se jeta aux pieds de son époux et dit :

– Seigneur, tu es le maître ici, épargne la vie de cet homme, il est juste et bon.

– Pourtant les Juifs l'accusent d'être un malfaiteur.

Les prêtres et les scribes se regardaient, se disant : « Cette femme va tout faire échouer. » Le grand prêtre prit la parole :

– Nous avons trouvé cet homme en train de semer le désordre dans notre nation : il empêche de payer l'impôt à l'empereur, et se dit Roi Messie. Il soulève le peuple en enseignant dans tout le pays des Juifs, à partir de la Galilée jusqu'ici.

– Cet homme est-il galiléen ?

Apprenant qu'il l'était, Pilate répliqua :

– Cet homme relève de l'autorité d'Hérode. Qu'on le conduise à lui !

On conduisit Jésus jusqu'à Hérode qui éprouva une grande joie car, depuis longtemps, il espérait lui voir faire un miracle. Il posa plusieurs questions au prisonnier, qui ne répondit pas. Les prêtres et les scribes l'accusèrent avec violence, disant qu'il se prétendait roi des Juifs. Hérode éclata de rire, imité par ses gardes. Puis, toujours riant, il le fit revêtir d'un manteau couleur écarlate et le renvoya à Pilate.

De ce jour, Hérode et Pilate devinrent amis alors qu'auparavant leurs relations étaient faites d'inimitié.

Pilate déclara aux Juifs :

– Moi, je ne trouve aucun motif pour le condamner. D'ailleurs, Hérode non plus, puisqu'il nous l'a renvoyé. En somme, cet homme n'a rien fait qui mérite la mort. Je vais donc le faire châtier et le relâcher, puisque c'est la coutume que de libérer un condamné pour la Pâque : voulez-vous que je relâche le roi des Juifs ?

Ils se mirent à crier :

– Pas lui ! Mort à cet homme ! Relâche Barabbas !

Barabbas avait tué plusieurs soldats romains.

– Mais c'est un meurtrier !

– Barabbas ! Barabbas ! hurlèrent-ils.

En entendant ces cris, Pilate conduisit Jésus sur une estrade à l'endroit qu'on appelle le Dallage – en hébreu, Gabbatha – où il le fit asseoir sur un fauteuil royal apporté par un serviteur.

Pilate clama à la foule :

– Voici votre roi !

Alors tous crièrent :

– À mort ! À mort ! Crucifie-le !

– Vais-je crucifier votre roi ? hurla Pilate.

Il y eut un certain flottement parmi la foule, mais les prêtres répondirent :

– Nous n'avons d'autre roi que l'empereur. Si tu le relâches, tu n'es pas un ami de l'empereur. Quiconque se fait roi s'oppose à lui !

En entendant ces paroles, Pilate, pris de crainte, ordonna d'emmener Jésus pour le flageller. Les soldats tressèrent une couronne avec des épines et la lui mirent sur la tête ; puis ils le revêtirent d'un manteau de pourpre, placèrent dans sa main un roseau et s'avancèrent vers lui en faisant des révérences et en disant :

– Honneur à toi, roi des Juifs !

Ils lui frappaient la tête avec des roseaux, crachaient sur lui, le giflaient, s'agenouillaient pour lui rendre hommage. Quand ils se furent bien moqués de lui, ils lui ôtèrent le manteau de pourpre, puis lui retirèrent ses vêtements et l'attachèrent à une colonne. Le soldat chargé d'exécuter la sentence se saisit du fouet qu'il abattit sur le dos de Jésus. Les lanières de cuir étaient garnies à leurs extrémités de bouts d'os ou de métal qui déchirèrent la peau du supplicié, lequel laissa échapper un cri. Ses genoux plièrent. Par un effort de volonté, il se redressa. Une nouvelle fois le fouet s'abattit sur son échine qui ne fut bientôt qu'une plaie. Sous la douleur, il s'évanouit. Pilate, qui assistait au supplice, détourna les yeux, s'approcha de Jésus et le considéra longuement.

– Qu'on le détache ! ordonna-t-il.

On ôta les liens du condamné, qui s'effondra. Un soldat lui jeta de l'eau au visage : Jésus revint à lui. On l'aida à se relever. La douleur irradiait son corps. Brutalement, on lui remit ses vêtements.

Devant la tente où reposait Philippe, Deborah marchait de long en large, en proie à une colère grandissante.

– Je dois sauver Jésus comme il m'a sauvée ! dit-elle à haute voix.

Une main la tira par sa tunique.

– Tu parles toute seule ? demanda le jeune Josué.

Deborah attira l'enfant contre elle.

– Que pouvons-nous faire pour Jésus ?

– Allons le délivrer. Je sais me battre, tu sais !

– Je n'en doute pas, répondit-elle avec tendresse.

– Allons voir Pilate et demandons-lui de libérer le maître.

– Tu as raison, Josué ! Que risquons-nous ? Va avertir ta mère.

– Non, elle m'empêcherait de t'accompagner.

– Alors viens, allons !

Ils coururent jusqu'au palais du gouverneur. Parvenus devant les portes, des gardes leur interdirent le passage. Deborah s'adressa à celui qui semblait être le chef.

– Va prévenir ton maître, c'est au sujet de Jésus.

Le garde partit et revint peu après.

– Suis-moi.

Il les conduisit jusqu'à une salle où Ponce Pilate se tenait avec ses conseillers.

– Entre, jeune fille. Qu'as-tu à me dire ?

Deborah se jeta à ses pieds et s'écria :

– Je connais bien Jésus, il est innocent des crimes dont on l'accuse !

– Je sais, répliqua Pilate, mais les Juifs veulent sa mort.

– Pas tous les Juifs ! Pas les pauvres, ni ceux qui souffrent. Jésus est un homme juste et bon, doux et humble.

– Ne se dit-il pas roi des Juifs ?

– Il l'est, Seigneur, mais son royaume n'est pas de ce monde.

– Qu'entends-tu par là ?

– Il parle du Royaume des Cieux.

– Comment peut-on croire à ces sornettes ?

– Ce ne sont pas des sornettes, s'écria Josué, c'est la vérité !

– Tu as l'air bien sûr de cela, mon garçon.

– C'est aussi vrai que le soleil nous éclaire, que la terre nous donne ses fruits, la mer ses poissons, aussi vrai que la nuit nous apporte le sommeil et le repos.

– Tes propos sont emplis de sagesse. D'où te vient ce savoir ?

– J'ai entendu Jésus dire ces choses-là et je les ai crues. Tout comme j'ai cru qu'il était le Fils du Dieu vivant et qu'il ressusciterait d'entre les morts.

Les conseillers de Pilate éclatèrent de rire. D'un signe, le gouverneur leur intima l'ordre d'arrêter.

– Tu as bien dit que Jésus ressusciterait d'entre les morts ?

– Oui. Demande à Deborah, si tu ne me crois pas.

– Deborah, puisque tel est ton nom, cet enfant dit-il vrai ?

– Aussi vrai que je suis devant toi.

Pilate la considéra longuement.

– S'il meurt, ce n'est donc pas grave.

La jeune femme et l'enfant le regardèrent avec étonnement.

– D'une certaine façon, tu as raison. Mais nous, ses disciples, préférerions qu'il vive. Nous avons besoin de lui, de son enseignement ! dit Deborah.

Il y eut dans l'entrée le bruit d'une altercation.

– Que se passe-t-il ? demanda Pilate.

– C'est le centurion Marcus qui demande à te voir.

– Qu'on le laisse entrer.

Marcus se dégagea des gardes et s'avança.

– Que veux-tu ?

– Je viens témoigner de l'honorabilité de la femme que voici.

– Tu la connais donc ?

– Oui. Comme je connais Jésus, sa mère et ses disciples.

– Toi, un Romain ?

– Je sais que cela peut paraître étrange, pourtant ils m'ont accueilli avec chaleur.

– Voilà qui est curieux... Cependant, j'ai entendu dire que parmi eux se trouvaient des ennemis de Rome, les Zélotes ?

– C'était vrai pour l'un d'eux qui cherchait à entraîner Jésus dans ce combat.

Deborah le regarda avec inquiétude.

– Il s'appelait Judas l'Iscariote, précisa Marcus.

– S'appelait ?

– Il est mort. Il s'est pendu.

Deborah poussa un cri.

– Pour quelle raison ?

– C'est lui qui a livré Jésus aux Juifs.

– Je comprends mieux.

– Comment sais-tu cela ? demanda Deborah.

– Sur mon ordre, un de mes hommes l'a suivi quand il a quitté Jérusalem, et l'a vu se pendre.

– Que Dieu lui pardonne ! dit Deborah en pleurant.

Il y eut un lourd silence. Pilate reprit la parole.

– Toute cette histoire me dépasse. D'un côté, des Juifs veulent la mort de Jésus ; de l'autre, certains veulent le sauver : mettez-vous d'accord. Moi, je m'en lave les mains.

Il joignit le geste à la parole et trempa ses doigts dans un bassin tendu par une servante.

– Nos mains n'ont pas répandu ce sang et nos yeux ne l'ont point vu.

– Que son sang retombe sur nous et sur nos enfants ! lâcha Claudia qui venait d'entrer.

– Allez !

D'un geste, Ponce Pilate congédia Deborah et Josué. Marcus fit mine de les suivre.

– Reste ! ordonna Pilate. Qu'on nous laisse seuls.

Le centurion obéit, tandis que les conseillers sortaient.

– Maintenant que nous sommes seuls, dis-moi, Marcus, ne serais-tu pas épris de cette beauté juive ?

Le soldat devint écarlate.

– J'ai ta réponse, dit Pilate en s'esclaffant. Je te comprends, elle est magnifique. Mais je crains que ton amour pour elle ne trouble ton jugement sur ses amis. Ne crois-tu pas ?

– Non. J'ai écouté Jésus et parlé avec lui, et je suis convaincu que ce n'est pas un ennemi de Rome, mais un homme savant, juste et bon.

– Cela se peut. Comment alors expliques-tu tant de haine à son encontre ?

– Il gêne les prêtres et les scribes dans leur fructueux commerce.

– Est-ce vrai qu'il aurait chassé les marchands du Temple ?

– C'est exact.

– C'est un acte grave que ne peuvent pardonner les prêtres.

– Cela ne mérite pas la mort.

– Ce n'est pas leur avis.

– Tu dois le libérer.

– Centurion, tu t'égares.

– Excuse-moi.

Les deux hommes restèrent silencieux un long moment.

– Les Juifs m'ont demandé de délivrer Barabbas et de crucifier Jésus.

– Tu ne vas pas faire cela ? Jésus n'a commis aucun crime alors que Barabbas a tué plusieurs des nôtres : c'est un assassin.

– Je le sais. Nous le reprendrons quand nous voudrons mais si je ne le libère pas maintenant, je crains des manifestations en guise de représailles, et cela, je ne peux l'envisager ; il y va de mon honneur et de ma place.

– J'entends bien, mais c'est un innocent que tu condamnes.

– Je sais... Que puis-je faire d'autre ?

À ce moment, Claudia se précipita aux genoux de son époux.

– Je t'en supplie, sauve-le !

Il la repoussa doucement, se leva et sortit sans un mot. Claudia et Marcus restèrent seuls.

– Je tremble, Marcus. Nous porterons jusqu'à la fin des temps la mort de ce juste, soupira Claudia.

Elle rejoignit Deborah et, en pleurant, la prit dans ses bras.

– Mon enfant, dis à tes amis que j'ai tout essayé pour sauver Jésus, et que mon époux n'a rien voulu entendre.

– Je le leur dirai. Viens, Josué, rejoignons nos compagnons.

Claudia les regarda partir, suivis de Marcus.

Au camp, tout était silencieux. Josué rejoignit sa mère tandis que Deborah allait sous la tente où reposait Philippe : le jeune homme dormait encore. Elle se pencha sur lui, écarta ses cheveux mouillés de sueur et déposa un baiser sur ses lèvres. Cette caresse le réveilla. Il ouvrit les yeux et, à la lueur de la lampe, la regarda avec émerveillement.

– Ô, mon aimée, je rêvais de toi. Qu'as-tu ? Tes lèvres sont froides et tes yeux rougis de larmes.

– Jésus va mourir !

– Que dis-tu ?

– Judas l'a livré. Il va mourir !

– Le traître !... Il faut empêcher cela ! s'écria-t-il en se levant.

– J'ai essayé. Je suis allée trouver Pilate...

– Et alors ?

– Il n'a rien voulu savoir.

– Il faut prendre les armes !

– Et vous serez tous massacrés sans que cela ait en rien aidé Jésus.

– Que faire alors ?

– Prier, comme il nous l'a enseigné.

Pendant quelques instants, ils prièrent enlacés.

– Viens, dit Philippe, allons prévenir les autres et voir ce qui se passe.

Ils sortirent et se dirigèrent vers le palais de Ponce Pilate devant lequel une foule s'était rassemblée. Il y eut un long frémissement dans la multitude quand Jésus apparut, la tête couronnée d'épines.

21

Le soleil était haut, une brise tiède avait chassé les nuages, les boutiquiers ouvraient leurs échoppes.

En chemin, les gardes retinrent un certain Simon de Cyrène, père d'Alexandre et de Rufus, qui revenait des champs, et le chargèrent de la croix pour qu'il la coltine avec Jésus.

Le peuple s'était massé en nombre sur le passage du condamné et le suivait, ainsi que des femmes qui se frappaient la poitrine en se lamentant. Jésus s'arrêta et leur dit :

– Femmes de Jérusalem, ne pleurez pas sur moi ! Pleurez sur vous-mêmes et sur vos enfants ! Voici venir des jours où l'on dira : « Heureuses les femmes stériles, celles qui n'ont pas enfanté ! »

Avec Jésus, on emmenait deux autres condamnés qui s'étaient révoltés contre l'autorité romaine pour les exécuter.

La foule se pressait de chaque côté du chemin. Parmi elle, des hommes payés par les prêtres insultaient Jésus :

– À mort, le faux prophète !

– Dis à ton Père de venir te délivrer !

– Qu'attends-tu pour appeler les anges à ton secours ?

– Ah ! ah ! ah ! Il est beau, le roi des Juifs !

– À mort ! À mort !

– Crucifiez-le !

Dans la cohue se tenaient la mère de Jésus, Marie-Madeleine, Jeanne et Deborah. Les mots de haine de la multitude leur brisaient le cœur. Jean, Pierre, Marc et Philippe les encadraient.

– Ne ferons-nous rien pour le délivrer ? demanda Deborah en agrippant la main de Philippe.

– Que pouvons-nous faire ? Nous serions massacrés avant de nous être approchés de lui.

Lorsqu'on fut arrivé au lieu dit le Crâne, ou Calvaire, des hommes écrivaient sur des pancartes de bois avec de la peinture noire. Sur l'une d'elles, on lisait : « Jésus, roi des Juifs », rédigé en hébreu, en grec et en latin. Voyant cela, des prêtres s'indignèrent et envoyèrent dire à Ponce Pilate :

– Il ne fallait pas écrire : « Roi des Juifs », mais comme cet homme a dit : « Je suis le roi des Juifs » !

Pilate leur fit répondre :

– Ce que j'ai écrit, je l'ai écrit.

Sur le mont du Golgotha, on enfonça la partie verticale des croix dans des trous profonds prévus à cet effet, que l'on combla avec de la terre et des cailloux après avoir cloué au sommet de chacune d'elles une pancarte indiquant le motif de la condamnation. Puis on ordonna aux condamnés de porter la branche transversale, le *patibulum*, qui mesurait environ sept centimètres d'épaisseur sur une douzaine de large, et d'une longueur d'un mètre quatre-vingts ; elle pesait entre douze et quinze kilos. Malgré leurs poignets liés, les condamnés soulevèrent le bois. Jésus trébucha, lâcha la branche et tomba sur les genoux et le coude droit. Sur un geste du soldat, Simon de Cyrène l'aida à se relever, puis souleva le morceau de la croix. On déshabilla les condamnés. Quand ils furent nus, on passa entre leurs cuisses un linge blanc que l'on noua autour de leurs reins.

Il était presque midi.

Les aides du bourreau posèrent le *patibulum* sur le sol derrière Jésus qu'ils forcèrent à s'étendre sur le dos. Des soldats lui prirent les bras sur lesquels ils s'agenouillèrent. Jésus se laissait faire sans mot dire. Le bourreau s'approcha et sortit de la poche de son tablier de cuir des clous longs d'une quinzaine de centimètres, et prit son marteau. Il appuya un premier clou dans le creux du poignet droit du supplicié et l'enfonça d'un grand coup de marteau : Jésus laissa échapper un gémissement. Il y eut dans la foule des cris et des pleurs. Puis il fit de même pour l'autre bras. Pendant ce temps, les soldats jouaient aux dés les vêtements de Jésus. Ils relevèrent la tête en entendant Jésus dire :

– Mon Père, pardonne-leur, car ils ne savent pas ce qu'ils font !

Ils ricanèrent et reprirent leur partage.

Ainsi s'accomplissait la parole de l'Écriture : « Ils se sont partagé mes habits ; ils ont tiré au sort mon vêtement. »

Puis deux soldats prirent le *patibulum* à chaque extrémité et le soulevèrent. À chaque expiration, Jésus gémissait. Des soldats entreprirent alors de le hisser, d'autres de soutenir ses jambes. Il fallut quatre hommes pour glisser le bois jusqu'à la mortaise. Les deux bandits, qui regardaient la manœuvre, détournèrent les yeux. Une fois la branche bien fixée, le bourreau demanda à ses aides de soulever les pieds de Jésus afin qu'il puisse les clouer. Puis il fit de même pour chacun des deux autres condamnés.

La foule regardait intensément. Parmi elle, certains injuriaient le supplicié :

– Hé ! Toi qui détruis le Temple et le rebâtis en trois jours, sauve-toi toi-même ! Si tu es le Fils de Dieu, descends de ta croix !

De même les chefs des prêtres, présents dans la multitude, se moquaient de lui avec les scribes et les anciens, en disant :

– Il en a sauvé d'autres et il ne peut pas se sauver lui-même ! Si c'est le roi d'Israël, qu'il descende maintenant de la croix et nous croirons en lui !... Il a mis sa confiance en Dieu : que Dieu le délivre, maintenant, s'Il l'aime ! Car il a dit : « Je suis le fils de Dieu ! »

L'un des malheureux crucifiés à ses côtés l'injuriait aussi :

– N'es-tu pas le Messie ?... Sauve-toi toi-même, et nous avec !

L'autre lui fit reproche de ses paroles :

– Tu n'as donc aucune crainte de Dieu ? Tu es pourtant condamné, toi aussi ! Pour nous, c'est juste, après ce que nous avons fait, que nous ayons ce que nous méritons. Mais lui, il n'a rien fait de mal !

Puis, s'adressant à Jésus, il dit :

– Seigneur, souviens-toi de moi quand tu viendras inaugurer ton Règne !

– Je te le déclare aujourd'hui, avec moi tu seras dans le Paradis, lui répondit Jésus.

Sa tête baissée touchait sa poitrine, les muscles tendus de ses bras, de ses épaules et de son dos semblaient vouloir fendre sa peau, lui causant une atroce brûlure. Ceux de son torse, tétanisés, rendaient ses poumons incapables d'expulser l'air inspiré : il suffoquait. Pour échapper à l'étouffement, il se soulevait sur ses pieds, élargissant la déchirure provoquée par le clou. Mais, pour pouvoir respirer, il fallait hisser les épaules jusqu'au niveau des mains. L'air inhalé paraissait délicieux, faisait oublier un court instant le déchirement des pieds sur lesquels son corps reposait. Cependant, les crampes des cuisses et des jarrets devenaient intolérables. Son torse s'affaissait. Ses genoux ployaient. Sa tête rejoignait sa poitrine. Les muscles de son dos, de son torse et de ses bras le brûlaient. Il étouffait...

Il était une heure de l'après-midi.

Le soleil jusque-là éclatant se voila et le ciel s'obscurcit. La foule, inquiète, se tut, les visages tournés vers Jésus qui mourait. Non loin se tenait sa mère, la tête posée sur l'épaule de Jean, Marie, femme de Cléophas, Jeanne, Deborah et Marie-Madeleine.

Jésus, voyant sa mère et Jean, dit :

– Femme, voici ton fils.

Puis il dit à Jean :

– Voici ta mère.

Les femmes tombèrent à genoux en pleurant. Alors Jésus poussa un cri :

– Mon Dieu, mon Dieu, pourquoi m'as-Tu abandonné ?

« Qui appelle-t-il ? » se dirent les Juifs.

Les ténèbres se firent alors plus denses et envahirent la Terre.

– J'ai soif, murmura Jésus.

Un soldat trempa une éponge dans de l'eau vinaigrée qu'il planta au bout d'une pique et qu'il tendit au condamné.

Il était trois heures quand Jésus jeta dans un grand cri :

– Père, je remets mon esprit entre Tes mains !

La nuit était tombée : le Fils de l'homme venait de mourir.

L'obscurité était totale. La terre trembla et les rochers se fendirent, tandis que le voile du Temple se déchirait en deux. Un vent glacé souleva la poussière, des éclairs aveuglants zébraient le ciel et les grondements du tonnerre roulaient dans le firmament.

Un des soldats tomba à genoux en s'exclamant :

– Vraiment, cet homme était le Fils de Dieu !

Et tous les gens qui s'étaient rassemblés pour ce triste spectacle s'en retournaient en se frappant la poitrine.

Jean soutenait la mère de Jésus inanimée. Marie-Madeleine, bousculant les soldats, se jeta au pied de la croix, les mains levées vers celui qu'elle aimait, essuyant de ses cheveux défaits ses pieds ensanglantés. Près d'elles, les yeux secs, la bouche serrée, se tenait Deborah.

Le soir était tombé. Comme c'était vendredi, on ne pouvait laisser les corps en croix durant le sabbat. Les Juifs demandèrent à Pilate qu'on les enlève après leur avoir brisé les jambes. Des soldats brisèrent alors les jambes des deux sicaires, puis, voyant que Jésus était déjà mort, un des soldats lui perça le côté avec sa lance ; aussitôt il en sortit du sang et de l'eau.

« Aucun de ses os ne sera brisé », était-il précisé dans les Écritures.

Après cela arriva Joseph d'Arimathie. C'était un homme influent, membre du Conseil, et il attendait lui aussi le royaume de Dieu. Il revenait de chez le gouverneur où il avait eu le courage de demander le corps de Jésus.

– Il est déjà mort ? s'était étonné Pilate.

Il fit appeler un centurion pour savoir depuis combien de temps avait succombé le condamné. Sur le rapport de cet homme, il permit à Joseph de prendre le corps.

Aidé par quelques-uns des disciples, celui-ci descendit le cadavre de la croix et l'enveloppa dans un linceul qu'il venait d'acheter. Selon la coutume juive d'ensevelir les morts, il enduisit le corps d'un mélange de myrrhe et d'aloès. Ils le transportèrent jusqu'à un tombeau creusé dans le rocher, qui n'avait jamais servi, et roulèrent une grosse pierre devant l'entrée.

La mère de Jésus se tenait debout, l'air absent, un étrange sourire sur son visage exténué. Près d'elle, Marie-Madeleine, Deborah, Jeanne, Philippe et Jean tentaient de prier.

Joseph d'Arimathie les invita à venir se restaurer et prendre un peu de repos chez lui, car le sabbat allait commencer.

Les chefs des prêtres et les pharisiens allèrent trouver Ponce Pilate en disant :

– Seigneur, nous nous sommes rappelé que cet imposteur a dit de son vivant : « Trois jours après ma mort, je ressusciterai. » Donne donc l'ordre que le tombeau soit étroitement surveillé jusqu'au troisième jour, de peur que ses disciples ne viennent voler le corps et ne disent au peuple : « Il est ressuscité d'entre les morts. » Cette dernière imposture serait pire que la première.

Pilate leur déclara :

– Je vous donne une garde ; allez, organisez la surveillance comme vous l'entendez.

Ils partirent donc, mirent les scellés sur la pierre et devant postèrent la garde.

22

Le premier jour de la semaine, de grand matin, Marie-Madeleine alla jusqu'au sépulcre de Jésus pour le pleurer et prier ; il faisait encore sombre. En arrivant, elle vit que la pierre qui fermait le tombeau avait été enlevée. Elle entra : le corps n'était plus là. Elle courut trouver Pierre et Jean et leur dit, essoufflée :

– On a enlevé le Seigneur de son tombeau, et je ne sais où on l'a mis !

Pierre et Jean partirent sur-le-champ, suivis de Marie-Madeleine. Ils couraient. Jean, plus rapide, arriva le premier. En se penchant à l'orée du sépulcre, il vit que le linceul était resté là ; cependant, il n'entra pas. Pierre arriva à son tour et pénétra dans le tombeau ; il examina le linceul et le linge qui avait recouvert la tête, non pas posé avec le linceul, mais roulé à part. Jean, qui l'avait suivi, regarda autour de lui : aucune trace du corps de Jésus. Les disciples ressortirent et s'en retournèrent au camp.

Marie-Madeleine demeura à l'extérieur. En larmes, elle se pencha vers l'intérieur du tombeau et, à l'endroit où le corps de Jésus avait été déposé, elle aperçut deux hommes vêtus de blanc, assis l'un à l'endroit de la tête, l'autre à celui des pieds, et qui lui demandèrent :

– Femme, pourquoi pleures-tu ?

– On a enlevé le Seigneur mon Maître, et je ne sais où on l'a mis.

Tout en parlant, elle se retourna et vit Jésus, mais ne le reconnut pas. Il lui demanda :

– Femme, pourquoi pleures-tu ? Qui cherches-tu ?

Les yeux brouillés de larmes, le prenant pour un garde, elle répondit :

– Si c'est toi qui l'as emporté, dis-moi où tu l'as mis, et moi j'irai le reprendre.

Jésus lui dit alors :

– Marie !

Elle le regarda, ses mains se tendirent et s'agrippèrent au linceul, tandis que ses genoux pliaient et touchaient le sol.

– Rabbouni ! souffla-t-elle.

– Cesse de me retenir, je ne suis pas encore monté vers le Père. Va plutôt trouver mes frères pour leur dire que je monte rejoindre mon Père et votre Père, mon Dieu et votre Dieu. Va !

Marie-Madeleine se releva et courut annoncer la bonne nouvelle.

En chemin, tout à sa joie, elle ne remarqua pas ses amies et, parmi elles, la mère de Jésus, qui s'en allaient au tombeau. Elles se disaient entre elles : « Qui nous roulera la pierre pour dégager l'entrée du sépulcre ? » Elles apportaient des aromates qu'elles avaient préparés. Arrivées devant le tombeau, elles trouvèrent la pierre roulée sur le côté. Elles entrèrent, mais ne trouvèrent pas le corps. Elles ne savaient que penser lorsque deux hommes se présentèrent à elles dans des vêtements éblouissants. Saisies de crainte, elles baissèrent le visage vers le sol. Les hommes dirent alors :

– Pourquoi cherchez-vous le Vivant parmi les morts ? Il n'est pas ici, il est ressuscité ! Rappelez-vous ce qu'il vous a dit quand il était encore en Galilée : « Il faut que le Fils de l'homme soit livré aux mains des pécheurs, qu'il soit crucifié et que, le troisième jour, il ressuscite ! »

Alors elles se rappelèrent ses paroles. Elles s'en retournèrent rejoindre leurs compagnons. Arrivées auprès d'eux, elles trouvèrent Marie-Madeleine qui disait aux disciples :

– J'ai vu le Seigneur, et voilà ce qu'il m'a dit.

Les autres femmes approuvèrent ses dires. Mais leurs propos semblaient si délirants que les disciples ne les crurent pas.

Quelques-uns des hommes chargés de garder le tombeau allèrent en ville annoncer aux chefs des prêtres ce qui s'était passé. Ceux-ci, après s'être réunis avec les anciens et avoir tenu conseil, remirent aux soldats une forte somme en leur disant :

– Voici ce que vous raconterez : « Ses disciples sont venus voler le corps, la nuit, pendant que nous dormions. » Si cela vient aux oreilles du gouverneur, nous lui expliquerons la chose et nous vous éviterons tout ennui.

Les soldats prirent l'argent et retinrent la leçon.

Le même jour, deux disciples faisaient route vers un village appelé Emmaüs, à deux heures de marche de Jérusalem. Ils devisaient ensemble de ce qui s'était passé. Or, tandis qu'ils discutaient, Jésus s'approcha et marcha à leurs côtés ; ils ne le reconnurent pas. Jésus leur dit :

– De quoi causiez-vous donc tout en marchant ?

Ils s'arrêtèrent et l'un d'eux, nommé Cléophas, lui répondit d'un ton attristé :

– Tu es bien le seul de tous ceux qui étaient à Jérusalem à ignorer les événements de ces jours-ci.

– Quels événements ?

Incrédule, Cléophas répondit de la même voix affligée :

– Ce qui est arrivé à Jésus de Nazareth : cet homme était un prophète puissant par ses actes et ses paroles devant Dieu et tout le peuple. Les chefs des prêtres l'ont livré, ils l'ont fait condamner à mort et l'ont crucifié. Et nous qui espérions qu'il serait le libérateur d'Israël ! Cela fait trois jours que c'est advenu. À vrai dire, quelques femmes de notre groupe sont allées au tombeau de très bonne heure et n'ont pas trouvé le corps. Elles ont prétendu avoir vu des hommes vêtus de blanc qui leur ont dit qu'il était vivant. Cela nous a tous bouleversés. Quelques-uns d'entre nous sont allés au tombeau et ont trouvé les choses comme les femmes l'avaient indiqué ; mais lui, ils ne l'ont pas vu.

Jésus leur dit alors :

– Vous n'avez donc pas compris ! Comme votre cœur est lent à croire ce qu'ont annoncé les Prophètes ! Ne fallait-il pas que le Messie souffrît tout cela pour entrer dans sa gloire ?

Alors, en partant de Moïse et de tous les prophètes, il leur expliqua ce qui, dans les Écritures, le concernait.

Comme ils approchaient d'un village, Jésus fit semblant d'aller plus loin. Ils s'efforcèrent de le retenir :

– Reste avec nous : le soir approche, et déjà le jour baisse.

Il entra donc et resta en leur compagnie.

Quand il fut à table avec eux, il prit le pain, dit la bénédiction, le rompit et le leur distribua. Alors leurs yeux se dessillèrent et ils le reconnurent, mais il disparut aussitôt à leurs regards. Ils se dirent l'un à l'autre :

– Notre cœur n'était-il pas brûlant en nous tandis qu'il nous parlait sur la route et qu'il nous faisait comprendre les Écritures ?

À l'instant même, ils se levèrent et retournèrent à Jérusalem. Ils y trouvèrent réunis les Onze et leurs compagnons qui leur dirent :

– C'est vrai, le Seigneur est ressuscité : il est apparu à Marie-Madeleine !

À leur tour ils racontèrent ce qui s'était passé en route, et comme ils l'avaient reconnu quand il avait rompu le pain.

Les disciples décidèrent d'abandonner leur vie nomade et de se réunir en un lieu secret. Ils en verrouillèrent les portes, car ils avaient peur des prêtres et des pharisiens. C'est alors qu'ils virent Jésus qui leur dit :

– La paix soit avec vous !

Frappés de stupeur et de crainte, ils crurent voir un esprit. Jésus leur lança :

– Pourquoi êtes-vous si bouleversés ? Et pourquoi ces pensées qui surgissent en vous ? Voyez mes mains, voyez mes pieds : c'est bien moi. Touchez-moi, regardez : un esprit n'a pas de chair ni d'os, et vous constatez que j'en ai.

Après ces paroles, il leur exhiba ses mains et ses pieds. Dans leur joie, ils n'osaient encore y croire et restaient saisis d'étonnement. Il leur dit :

– Avez-vous quelque chose à manger ?

Ils lui offrirent un morceau de poisson grillé. Il le prit et le mangea devant eux.

– Rappelez-vous les paroles que je vous ai dites quand j'étais encore avec vous : qu'il fallait que s'accomplisse tout ce qui avait été écrit de moi dans la loi de Moïse, selon les Prophètes et les Psaumes. Et moi, je vais envoyer sur vous ce que mon Père a promis. Quant à vous, demeurez dans la ville jusqu'à ce que vous soyez revêtus d'une force venue d'en haut. La paix soit avec vous ! De même que le Père m'a envoyé, à mon tour je vous envoie.

Ayant ainsi parlé, il souffla sur eux et leur dit :

– Recevez l'Esprit saint. Tout homme à qui vous remettrez ses péchés, ils lui seront remis ; tout homme à qui vous maintiendrez ses péchés, ils lui seront maintenus.

Puis il disparut.

Thomas, qui était absent, arriva à ce moment-là. Ses amis se précipitèrent vers lui en disant :

– Nous avons vu le Seigneur !

Mécontent, il leur répondit :

– Si je ne vois pas dans ses mains la marque des clous, si je ne mets pas mon doigt à l'endroit des clous, ni ma main dans la blessure à son flanc, non, je ne le croirai pas !

Huit jours plus tard, les disciples se trouvaient de nouveau dans la maison et Thomas était avec eux. Jésus vint au milieu d'eux alors que les portes étaient verrouillées. Il dit :

– La paix soit avec vous !

Puis, s'approchant de Thomas, lui ordonna :

– Avance ton doigt ici, et vois mes mains ; avance ta main, et mets-la dans mon côté : cesse d'être incrédule, sois croyant !

Thomas tomba à genoux et s'exclama :

– Mon Seigneur et mon Dieu !

Jésus le releva et ajouta :

– Parce que tu m'as vu, tu crois. Heureux ceux qui croient sans avoir vu !

Après cela, Jésus se manifesta encore aux disciples sur le bord du lac de Tibériade.

Il y avait là Pierre avec Thomas, Nathanaël, les fils de Zébédée, Marc, Philippe et Luc. Pierre leur dit :

– Je m'en vais à la pêche.

– Nous allons avec toi.

Ils montèrent dans la barque et lancèrent les filets. Ils naviguèrent toute la nuit sans rien prendre. Au lever du jour, ils virent un homme debout sur le rivage, qui les interpella ; c'était Jésus, mais ils ne le reconnurent pas.

– Les enfants, auriez-vous un peu de poisson ?

– Non, répondirent-ils.

– Jetez le filet à droite de la barque, et vous en trouverez.

Ils obéirent, et cette fois ils n'arrivaient pas à ramener le filet tellement il y avait de poissons. Alors Jean dit à Pierre :

– C'est le Seigneur !

Quand Pierre l'entendit déclarer que c'était le Seigneur, il passa son vêtement, car il était nu, et se jeta à l'eau. Les autres arrivèrent en barque, tirant le filet plein de poissons ; la terre n'était qu'à une centaine de mètres.

En débarquant sur le rivage, ils virent un feu de braise avec du poisson posé dessus, et du pain. Jésus leur dit :

– Apportez donc de ce poisson que vous venez de prendre.

Pierre remonta sur la barque et, aidé par ses compagnons, ramena jusqu'à terre le filet plein de gros poissons : il y en avait cinquante-trois. Et, malgré cette quantité, le filet ne s'était pas déchiré. Jésus dit alors :

– Venez déjeuner.

Aucun des disciples n'osait lui demander : « Qui es-tu ? » Ils savaient que c'était le Seigneur. Jésus s'approcha, prit le pain et le leur distribua, ainsi que le poisson.

Quand ils eurent déjeuné, par trois fois Jésus demanda à Pierre :

– Simon Pierre, fils de Jean, est-ce que tu m'aimes ?

– Seigneur, tu sais tout, tu sais bien que je t'aime.

– Sois le pasteur de mes brebis. Je te le dis : quand tu étais jeune, tu mettais ta ceinture toi-même pour aller là où tu voulais ; quand tu seras vieux, tu étendras les mains, et c'est un autre qui te mettra ta ceinture pour t'emmener là où tu ne voudrais pas aller.

Puis il ajouta :

– Suis-moi.

Pierre obéit. En se retournant, il vit, marchant à leur suite, Jean, le disciple que Jésus aimait. Pierre le désigna et dit à Jésus :

– Et lui, Seigneur, que lui arrivera-t-il ?

Jésus lui répondit :

– Si je veux qu'il reste jusqu'à ce que je vienne, est-ce ton affaire ? Mais toi, suis-moi !

Ainsi se répandit parmi les disciples l'idée que Jean ne mourrait pas. Or Jésus n'avait pas dit à Pierre : « Il ne mourra pas », mais : « Si je veux qu'il reste jusqu'à ce que je vienne, est-ce ton affaire ? »

23

Quand Deborah avait entendu le cri de Jésus : « Père, pourquoi m'as-Tu abandonné ? », elle avait senti le sol se dérober sous ses pieds et un grand froid l'envahir.

Quoi, ce Père en qui il avait mis toute sa confiance, qu'il priait avec ferveur, enjoignant à ses disciples de l'imiter en tout, l'abandonnait au moment de sa mort ? Il semblait à la jeune femme que ce Dieu adoré, ce Père aimé trahissait Son fils et trahissait par là les hommes. Et si Jésus s'était trompé ?... S'il n'était pas le Fils de Dieu, mais simplement le fils de Marie et de Joseph ?... Si ses miracles n'étaient que magie rapportée de Chine ou d'Égypte ? Ses guérisons, des faux-semblants ?... Cependant, n'avait-il pas tiré Lazare du royaume des morts ?... Et Philippe, ne l'avait-il pas rappelé à la vie ? Mais avaient-ils été vraiment morts ?

Ces souvenirs avaient libéré sa poitrine d'un grand poids, mais pas pour longtemps. Pourquoi n'avait-il pas empêché Judas de le trahir ? Parce que c'était dans les Écritures ? Et si Jésus, connaissant ces prédictions, ne s'était conformé à elles que pour asseoir son pouvoir sur eux d'abord, sur le peuple ensuite ?... C'est lui qui avait trahi Judas, lequel n'avait fait que lui obéir. Judas, le courageux Judas qui voulait la liberté de son peuple jusqu'à mourir pour lui, pourquoi Jésus l'avait-il condamné à devenir un traître ? Elle imaginait la souffrance de l'Iscariote en voyant celui qu'il aimait arrêté comme un malfaiteur, brutalisé par les soldats, injurié par la foule. Cette douleur avait dû être si forte qu'il ne l'avait pas supportée et s'était pendu. Pauvre Judas !

La colère montait en elle, elle ne voulait plus assister à la mort de cet imposteur ! Elle avait lâché les mains de Philippe et de Josué et s'était perdue parmi la foule. Peu à peu, la cohue était devenue moins dense. Elle avait marché sans but par des rues désertes aux boutiques fermées. Elle était arrivée derrière le palais d'Hérode, dans le vieux quartier où régnait une animation qui l'avait surprise. Des passants allaient et venaient, des hommes et des femmes entraient et sortaient des tavernes, titubant et riant. Les femmes étaient outrageusement maquillées, leurs vêtements de couleurs voyantes, leurs gestes obscènes. Certaines dévisageaient cette inconnue si jeune, aux joues pâles mouillées de larmes. Que faisait-elle en ces lieux de débauche ? L'une d'elles, à moitié nue, une brune à la forte poitrine, aux traits épais adoucis par de très beaux yeux noirs au regard vif, s'approcha et lui dit :

– Que fais-tu ici, jeune fille ? Ce n'est pas un endroit pour toi.

– Il n'y a plus d'endroit pour moi ! Dieu est mort !

La femme la regarda avec horreur.

– Tu blasphèmes en disant cela !

– Quelle importance, puisqu'Il n'existe pas !

– Tu es folle !

Elle lui saisit la main : elle était brûlante.

– Viens chez moi, c'est à deux pas d'ici, tu pourras te reposer. Je m'appelle Judith... et toi, quel est ton nom ?

– Deborah.

Comme elle disait son nom, le sang sembla se retirer de son visage et elle perdit connaissance. Judith la retint avant qu'elle n'eût glissé sur le sol.

– Oh, les filles, venez m'aider à la transporter !

Les prostituées accoururent et la portèrent jusque chez leur compagne.

– Qu'elle est belle ! dit l'une d'elles.

– Et si jeune ! ajouta une autre.

– Son amant a dû l'abandonner ou la battre, ses yeux pleurent encore, remarqua une troisième.

– Taisez-vous, elle brûle de fièvre ! Allongez-la sur ces coussins, ordonna Judith. Allez me chercher des huiles pour la ranimer.

Les femmes s'empressèrent. Bientôt Deborah rouvrit les yeux et regarda autour d'elle avec étonnement. Elle se redressa, mais, étourdie, retomba sur les coussins.

– Ne bouge pas, ici tu es en sécurité... Tiens, bois de cette infusion, cela va te faire du bien et fera tomber la fièvre.

Soutenue par Judith, elle but.

Peu à peu, les couleurs revinrent aux joues de Deborah. Elle ferma les yeux et s'endormit aussitôt.

– Laissons-la se reposer. Merci de votre aide, les filles.

Elles acceptèrent les friandises que leur offrait Judith et s'en furent en promettant de ne parler à quiconque de l'inconnue.

Après leur départ, l'hôtesse revint dans la chambre où dormait sa protégée. Elle posa sa main sur son front : il était brûlant comme la braise.

Pendant plusieurs jours, Deborah resta entre la vie et la mort. Puis, un beau matin, le teint frais, elle rouvrit les yeux, souriante.

– Je vois que tu vas mieux. J'en suis très heureuse !... Ce que tu m'as fait peur ! Puis-je savoir ce que tu venais faire dans ce quartier mal famé ? demanda Judith. T'étais-tu perdue ? On t'a fait du mal ?

– Non. Quelle heure est-il ?

– Dix heures, je crois.

– Il y a longtemps que je suis ici ?

– Quinze jours.

– Quinze jours ! Que dit-on dans Jérusalem ?

– Rien.

– Alors, il est bien mort.

– Qui est mort ?

– Jésus.

– Jésus ?... Celui qui se disait roi des Juifs ?

– Oui, c'est ce qu'il disait.

– Ne disait-il pas qu'il était aussi Fils de Dieu ?

– Oui, c'est ce qu'il disait, mais c'était folie.

– Pourquoi folie ?... Je l'ai vu guérir des malades, j'ai écouté sa parole. À chaque fois j'ai cru en lui...

– Tu n'as pas été la seule à avoir été séduite ! C'est qu'il s'y entendait pour faire croire à ses sortilèges !

– C'est mal, de dire cela d'un mort !

– Cela vaut mieux que de dire du mal des vivants. Mais parlons d'autre chose. C'est joli, chez toi.

– Merci.

– Je ne connaissais pas ce quartier de Jérusalem ; il y a longtemps que tu y habites ?

– Trop longtemps, comme il y a trop longtemps que je fais ce métier.

– Quel métier ?

Judith la regarda avec colère.

– Tu te moques sans doute ?

– Pourquoi me moquerais-je de toi qui m'as secourue avec tant de bonté ?

– Ainsi, tu ne devines pas quel est mon métier ?

Deborah secoua la tête.

– Je suis une putain... Tu connais la signification de ce mot ?... Je vois que oui, tu es devenue cramoisie. Va, ce n'est pas grave. Quand j'avais ton âge, ce mot me faisait rougir aussi. Depuis toutes ces années, j'ai eu le temps de m'y habituer... Pourtant, je n'étais pas destinée à cela.

Une larme coula sur la joue de la femme, y laissant une traînée noire.

– Excuse-moi, je ne voulais pas te faire de la peine !

– Ce n'est rien, je suis une grosse bête sentimentale.

Deborah déposa un baiser sur son autre joue.

– Parle-moi, cela te fera du bien.

– Tu crois ?

– Oui, avec les mots, les choses deviennent plus claires et paraissent souvent moins pénibles qu'on ne l'avait cru.

– Comment sais-tu cela ? Tu es si jeune !

– Par l'âge, oui. Par le cœur, non. Je t'écoute.

– Mon père avait de nombreux troupeaux qu'il emmenait paître à travers tout le pays. Mes sœurs, mes frères et moi passions le plus clair de notre temps à surveiller les agneaux et à nous occuper des brebis. Le soir, sous la tente, nous tombions épuisés sur nos couches où nous dormions jusqu'à l'aube ; alors notre père nous réveillait et la journée recommençait, semblable à celle de la veille. J'aurais aimé apprendre à lire, mais mon père disait que ce n'était pas nécessaire aux filles qui n'avaient besoin que de savoir pétrir la pâte, faire le fromage, laver le linge et soigner le bétail. J'ai grandi comme un petit animal. Un soir, un cavalier, un conteur venu d'un pays lointain, se présenta et demanda l'hospitalité à mon père, qui la lui accorda. Pour le remercier, l'homme raconta des histoires de son pays. Nos oreilles n'étaient pas assez grandes pour tout entendre : il parlait d'amour, de princes et de princesses, de génies bons et mauvais, d'or tombant du ciel, de parfums capiteux... Je l'écoutais, émerveillée : j'avais douze ans. Pendant la nuit, je sentis un souffle sur mon visage et une main sur ma poitrine ; j'ouvris les yeux. Effrayée, j'allais crier, mais une autre main se posa sur ma bouche et une voix me dit tout bas : « C'est moi, le conteur. Je m'appelle Ibrahim, je viens de Syrie. Tu es si belle que je n'ai pu résister à tes charmes. Viens avec moi, je ferai de toi une princesse. » Ses mots et ses caresses eurent raison de ma résistance : il me posséda et me donna du plaisir. À l'aube, il avait disparu.

– Le lâche ! s'exclama Deborah.

– Bientôt, continua Judith, je m'aperçus que j'étais enceinte. Je tentai en vain de cacher mon état à mon père. Quand l'enfant naquit, c'était un garçon qui mourut quelques jours plus tard. Peu de temps après, je m'enfuis. Après bien des jours de marche, me prostituant pour ne pas mourir de faim, je suis arrivée à Jérusalem où une vieille maquerelle m'a hébergée dans un lupanar en échange de mes services.

– Un lupanar ?

– Un bordel où se prostituent des femmes et de jeunes garçons.

– De jeunes garçons !

– Cela t'étonne ? Les vrais débauchés se lassent vite du sexe des femmes, qu'ils trouvent trop large, et préfèrent les reins des garçons après qu'ils ont cependant forcé ceux des femmes.

Ces précisions mettaient Deborah mal à l'aise et la troublaient en même temps.

– Tu es restée longtemps dans ce lupanar ?

– Près de dix ans, ce qui est un record, car les femmes vieillissent vite en ces endroits. Après, elles se retrouvent à la sortie des casernes où les soldats les achètent à deux, trois ou quatre. Hors les murs de la ville, ils possèdent la femme à tour de rôle, souvent à plusieurs reprises. Quand ils paient, c'est un moindre mal, mais quelquefois ils battent la femme sans la payer. Puis, plus tard encore, nous nous vendons aux étrangers, aux hommes à la peau noire, aux nomades, aux voleurs et aux mendiants...

– Quelle horreur !

Cette horreur lui rendait la bouche sèche et les mains moites, mais elle éprouvait aussi une étrange sensation entre les cuisses. Elle rougit.

– Je vois que mes histoires te troublent... Moi aussi. D'en avoir parlé m'a mis le feu au... Allons, vieille folle, qu'est-ce que tu racontes !

24

Ils étaient revenus au camp, traînant les pieds, la tête basse, le cœur déchiré ; les femmes pleuraient.

Quelle raison avaient-ils de rester ensemble ? se disaient-ils. Arrivés, ils se séparèrent très vite.

Une heure plus tard, Philippe entra sous la tente des femmes et demanda :

– Deborah est-elle avec vous ?

– Non, répondit Jeanne, nous la croyions avec toi.

– Au moment de la mort de Jésus, elle s'est écartée... Après, je ne sais plus.

– Je l'ai vue s'en aller, dit Josué.

– Où ?

– Je ne sais pas !

– Ne t'inquiète pas, elle se sera égarée, elle ne va pas tarder à revenir, affirma Marie-Madeleine.

– Mais la nuit est tombée depuis longtemps, s'alarma le jeune homme.

– Elle est peut-être avec ma mère, dit Josué. Viens !

Il prit la main de Philippe et l'entraîna.

Rachel et Pierre étaient seuls sous leur tente, priant. À l'entrée de leur fils et de Philippe, ils relevèrent la tête.

– Je cherche Deborah.

– Comme tu peux le voir, elle n'est pas ici.

– Partons à sa recherche ! s'écria Philippe.

– Je viens avec toi, dit Josué.

– Non, tu restes ici, ordonna son père. Allons prévenir les autres.

Ils allèrent avertir les disciples et partirent dans la nuit.

Pendant des heures, ils sillonnèrent les rues de Jérusalem, donnant le signalement de Deborah aux patrouilles qui les arrêtaient, leur demandant si elles n'avaient pas vu la jeune fille. Devant leurs réponses négatives, ils repartaient. À l'aube, ils rentrèrent au camp. Marcus s'y trouvait. Il alla vers Philippe.

– Que me dit-on : Deborah n'est pas rentrée ?

– Non. Nous l'avons cherchée toute la nuit, s'exclama Philippe en éclatant en sanglots.

– Les larmes ne servent à rien, dit brutalement le Romain. Je vais donner des ordres.

Il partit.

Durant plusieurs jours, Juifs et Romains la cherchèrent, en vain. Un soir qu'épuisés ils se reposaient auprès du feu, Marcus dit soudain :

– Il y a un quartier où nous ne sommes pas allés.

– Lequel ? demanda Philippe.

– Celui des prostituées.

– Tu plaisantes, j'espère ? Qu'est-ce que Deborah aurait été faire dans ce quartier ?

– Elle a pu s'y perdre ; elle ne connaît pas bien Jérusalem.

– Allons-y.

Dans le quartier, personne ne put ou ne voulut les renseigner. Ils errèrent par les ruelles, entrèrent dans les boutiques, interrogèrent hommes et femmes, sans succès.

Pendant plusieurs semaines, ils arpentèrent la ville.

Marie-Madeleine était inconsolable. Ni les paroles de Marie, ni les caresses de Jeanne ne venaient à bout de son chagrin.

– Mais il est ressuscité, disait Marie en pleurant.

– Je le sais bien, mais il n'est plus parmi nous. Mes yeux ne peuvent le voir, mes mains le toucher. Je ne peux plus lui apporter de l'eau, du pain, repriser ses vêtements, coiffer ses cheveux !

– Cesse de gémir, pense plutôt à Marie, dit Jeanne ; sa douleur est au moins aussi grande que la tienne.

– Oui, mais elle l'a nourri de son lait ! À toi, Jeanne, je peux bien le dire : j'aurais aimé porter un enfant de lui. Mais lui, malgré sa tendresse, m'a toujours repoussée. Jamais je ne tiendrai son fils entre mes bras, jamais mes seins ne l'allaiteront, jamais mes lèvres ne se poseront sur son front. Jamais !

Elle s'écroula en sanglotant. Jeanne s'approcha et lui dit :

– Marie-Madeleine, ton attitude n'est pas digne de lui. Que penserait-il en te voyant te vautrer dans les larmes, lui qui avait pour toi tant d'amour et d'estime ?

– Comment sais-tu cela ?

– Oh, il suffisait de le regarder te parler, prendre tes conseils ; il t'aimait et de cela tu dois être digne.

Marie-Madeleine se redressa et essuya ses yeux.

– Tu as raison. Je te remercie pour tes paroles. Dorénavant, je ne pleurerai plus sur moi ni sur son souvenir du temps qu'il était parmi nous.

– C'est bien, ma fille. Maintenant, viens m'aider à préparer le repas.

Docile, Marie-Madeleine la suivit.

Quelques jours plus tard, un courrier se présenta et demanda à voir Deborah, la fille du scribe Jérémie.

– Elle n'est pas ici, lui répondit-on.

– J'ai un message pour elle.

– Donne, ordonna Jeanne.

Le jeune homme lui tendit un pli qu'elle ouvrit aussitôt et lut rapidement. À mesure qu'elle lisait, son visage s'illuminait.

– Tu as l'air bien heureuse. Que t'arrive-t-il ? demanda Marc.

– Que se passe-t-il ? s'inquiéta Rachel qui arrivait, portant sur sa tête un panier rempli de pains.

– L'époux de Deborah est mort, c'est son père qui le lui annonce.

– Et c'est cela qui te rend si joyeuse ? C'est mal de se réjouir de la mort de quelqu'un.

– Mais tu ne comprends pas : Deborah est libre !

– Libre ! La belle affaire ! Aurais-tu oublié qu'elle a disparu ?

Le lendemain, en fin de matinée, Marie-Madeleine annonça qu'elle allait se rendre dans le quartier des prostituées.

– Je t'accompagne, dit Jeanne d'un ton sans réplique.

Elles quittèrent leurs amis et prirent la direction du quartier maudit. On se retournait sur le passage de ces deux femmes richement vêtues : « Que viennent-elles faire par ici ? » se disaient les passants.

Marie-Madeleine arrêta une femme dont la tenue indiquait assez le métier et lui demanda :

– Nous recherchons une jeune fille qui a disparu il y a quatre semaines environ. Nous sommes très inquiètes. As-tu entendu parler d'une inconnue dans ce quartier ? Celle que nous recherchons se prénomme Deborah.

La prostituée était une amie de Judith, elle répondit qu'elle n'avait pas entendu parler d'une jeune fille inconnue au quartier. Dès le départ des étrangères, elle se rendit chez Judith à laquelle elle fit part de la visite et des recherches de deux femmes.

– Tu ne leur as rien dit ? s'alarma-t-elle.

– Non, je suis venue t'avertir tout de suite.

– C'est bien. Je te remercie.

Jeanne et Marie-Madeleine avaient fait mine de partir. De loin, elles avaient suivi la prostituée qui s'était éloignée en courant. Elles la virent pénétrer dans une maison où elle ne resta que quelques minutes. Quand elle eut disparu au coin de la rue, elles s'approchèrent. Jeanne frappa à la porte. Judith ouvrit.

– Que voulez-vous ?

– Nous croyons, dit-elle, qu'une de nos amies est chez toi. Laisse-nous entrer.

– Il n'y a personne d'autre que moi dans la maison.

Judith tenta de refermer la porte, mais Marie-Madeleine la bloquait de tout son poids.

– Allons, laisse-nous entrer. Sinon, nous revenons avec la garde.

À regret, la prostituée les laissa pénétrer chez elle.

– Judith, à qui parles-tu ?

La voix de Deborah !

Marie-Madeleine écarta une portière et vit la jeune fille allongée sur des coussins. Jeanne se précipita et la prit dans ses bras.

– Ma chérie, nous étions folles d'inquiétude.

– Jeanne !... Marie-Madeleine !... Comment m'avez-vous retrouvée ?

– Nous avons eu de la chance. Pourquoi ne pas avoir donné de tes nouvelles ?

– Elle a été très malade, dit Judith, elle a failli mourir.

En effet, le visage de Deborah portait les traces de sa maladie. Elle était pâle et amaigrie. Ses yeux enfoncés étaient cernés de sombre.

– Judith, offre à boire à mes amies, je te prie, dit-elle.

– Volontiers. Malgré la tristesse de la voir s'en aller, je suis heureuse que vous soyez venues. Deborah va pouvoir rentrer avec vous. Sa place n'est pas ici.

– Judith, il n'y a pas de meilleure place que d'être auprès de toi. Tu m'as soignée comme une mère, me veillant jour et nuit...

– C'était normal.

– Non, tu m'as reçue avec une tendresse qui m'a aidée à ne pas mourir.

– Bon, bon, parlons d'autre chose. Habille-toi, je reviens.

Elle sortit en s'essuyant les yeux.

– Cette femme a l'air très bonne, remarqua Jeanne.

Les trois amies restèrent un instant silencieuses. Marie-Madeleine parla la première.

– As-tu appris la nouvelle ?

– Laquelle ?

– Jésus est ressuscité !

– Tu plaisantes ?

– Non, il est ressuscité au troisième jour, ainsi qu'il l'avait annoncé. Je l'ai vu.

Deborah se redressa.

– Tu l'as vu !

– Oui, en chair et en os.

Des larmes se mirent à couler sur les joues de Deborah.

– Ainsi, il avait dit vrai..., murmura-t-elle.

– En doutais-tu ?

– Oui.

Elles la regardèrent avec indignation.

– Quand je l'ai entendu crier : « Père, pourquoi m'as-Tu abandonné ? », j'ai douté de lui.

Judith entra à ce moment, portant un plateau. Elle remarqua les pleurs de sa protégée.

– Que lui avez-vous fait ? s'écria-t-elle.

– Rien qui puisse la faire pleurer : bien au contraire, dit Marie-Madeleine ; nous lui avons annoncé la bonne nouvelle.

– Quelle bonne nouvelle ?

– La résurrection de Jésus.

Le plateau trembla entre les mains de Judith.

– Alors, c'était vrai !... Dieu soit loué !

À son tour, elle pleura.

Jeanne lui prit le plateau des mains et versa la boisson dans les coupes. Elle en tendit une à Deborah, puis une autre à Marie-Madeleine, et enfin à Judith. Elle prit la sienne. Les quatre femmes burent en silence.

– Habille-toi, Philippe t'attend, dit Jeanne.

– Philippe...

– Oui. Il t'a cherché des jours et des jours. Marcus et lui ont parcouru toute la ville. Philippe est devenu fou de douleur, au point que nous avons craint qu'il ne mette fin à ses jours. Mais cela est du passé. Cependant, nous avons une triste et bonne nouvelle à t'annoncer : ton époux est mort.

– Mort !

– C'est ton père qui te l'a écrit. Comme tu n'étais pas là, je me suis permis d'ouvrir sa lettre.

– Mort !

Un large sourire éclairait son visage fatigué. Elle se leva et marcha vers ses amies en riant.

– Je suis libre ! Je suis libre !... Qu'en dit Philippe ?

– Rien. Il s'est éloigné, l'air sombre.

– Il ne m'aime plus !... Il en a rencontré une autre ?

Marie-Madeleine et Jeanne sourirent.

– Il t'attend. Rassure-toi, tu es celle qu'il aime !

– Attendez-moi, je reviens.

Deborah resta absente près d'une heure. Pendant ce temps-là, les trois femmes firent plus ample connaissance. Judith les questionna sur Jésus, sur sa résurrection, son enseignement. Elles lui répondirent avec beaucoup de gentillesse.

– Pourquoi ne te joindrais-tu pas à nous ? lui dit Marie-Madeleine.

Judith eut un sourire lumineux, puis ses traits se figèrent, ses yeux s'emplirent de larmes.

– Ce n'est pas bien de vous moquer de moi.

– Loin de nous le désir de nous moquer de toi ! Crois-tu que nous, celles qui l'ont suivi, soyons sans péchés ?

– Je ne sais pas.

– Nos péchés, Jésus nous les a pardonnés et nous sommes sûres qu'il t'aurait pardonné aussi.

– Vous croyez ?

– Oui, répondirent-elles en chœur.

Elles restèrent un long moment silencieuses.

– Qu'avez-vous ? demanda Deborah en réapparaissant.

Malgré sa maigreur, elle était resplendissante.

– Que tu es belle ! dit Marie-Madeleine en l'embrassant.

– Tu as une bien jolie robe, remarqua Jeanne.

– C'est Judith qui me l'a offerte. De quoi parliez-vous ?

– Nous demandions à ton amie de se joindre à nous.

– Quelle bonne idée !

Judith éclata en sanglots.

– Ce n'est pas possible, je suis une femme de mauvaise vie.

– Moi aussi, j'étais une femme de mauvaise vie avant que Jésus ne chasse les démons qui m'habitaient, dit Marie-Madeleine.

– Toi !

– Oui, moi. Comme toi, j'ai été prostituée.

– Et il t'a pardonné ?

– Non seulement Jésus lui a pardonné, mais il l'aimait et la consultait souvent, affirma Jeanne.

– Dépêche-toi, prépare tes affaires, je vais t'aider ! s'écria Deborah.

Le bagage de Judith fut vite fait ; elles sortirent.

– Tu ne fermes pas ta porte ? remarqua Jeanne.

– Non, c'est la maison du péché, que mes voisins la vident !

Elles arrivèrent à la maison où demeuraient maintenant la mère de Jésus et les disciples. Josué, voyant Deborah, se jeta dans ses bras. Marie eut un sourire heureux quand elle vit la jeune fille ; le premier depuis... Quant à Philippe, il la regardait telle une apparition. Enfin il s'approcha. Les deux amants restèrent longtemps debout l'un devant l'autre, sans faire un geste.

– Embrasse-la, dit Marie-Madeleine d'un ton agacé.

D'un même élan, ils se tendirent les bras. Enlacés, ils se contemplaient avec ravissement, se disant des mots tendres.

– Toutes ces émotions m'ont donné faim, dit Jeanne.

Rachel et les autres femmes leur apportèrent du pain et du fromage. Rachel s'arrêta devant Judith qui se tenait à l'écart.

– Qui es-tu ? demanda la femme de Pierre.

– C'est elle qui a recueilli Deborah et l'a soignée avec dévouement durant sa maladie, répondit Jeanne.

– Alors, sois la bienvenue, dit Rachel. Mange.

Brièvement, Jeanne raconta dans quelles circonstances Judith avait porté secours à Deborah et comment elle et Marie-Madeleine l'avaient retrouvée.

Deborah et Philippe s'éloignèrent et allèrent s'asseoir sous un arbre à l'ombre duquel Jésus aimait à se reposer. Main dans la main, ils se dévoraient des yeux.

– Que le temps m'a semblé long sans toi ! dit Philippe. Je craignais qu'il ne te soit arrivé quelque chose, que tu sois morte.

La jeune fille baissa la tête.

– Quand j'ai entendu le cri de Jésus, pendu sur cette croix comme un malfaiteur, j'ai douté de lui. Tout s'effondrait autour de moi ! J'aurais voulu mourir à ses côtés.

Philippe la serra dans ses bras. D'un ton embarrassé, il demanda :

– T'ont-elles parlé de la lettre de ton père ?

– Oui.

Après un court instant de silence, elle ajouta :

– Je pourrai aller de par le monde, visiter les pays dont Jésus m'a parlé, enseigner, peut-être, sa parole...

– Toi, une femme, enseigner la parole du maître ? Tu perds l'esprit !

– Non. Jésus m'a dit qu'il fallait transmettre son savoir aux autres, ainsi que Dieu le veut.

– Si Dieu le veut !

– Tu ne crois pas qu'une femme soit capable d'enseigner la parole du Christ ?

– Moi, je le crois, dit Josué qui s'était approché.

– Toi, s'exclama sa mère qui l'avait suivi, tu n'es qu'un gamin ignorant et paresseux ! Tu ferais mieux d'aller faire tes devoirs et apprendre tes leçons.

– J'y vais... Mais si Deborah s'en va, je pars avec elle !

Rachel le regarda partir en maugréant :

– C’est qu’il serait capable de faire ce qu’il dit, le vaurien... Je vais avertir son père.

Elle partit aussi vite que sa corpulence le permettait. Philippe attira Deborah à lui.

– C’est vrai ce que tu as dit ?

– Quoi ?

– Que tu voulais aller de par le monde enseigner la parole de Jésus ?

– Jésus n’a-t-il pas dit que les hommes et les femmes étaient les enfants de Dieu, qu’il n’y avait pas de différence entre eux ?

– Bien sûr qu’il l’a dit !

– Alors ?

– Ce n’est pas la même chose.

– Vous autres, hommes, ce n’est jamais la même chose, quand cela vous arrange !

Deborah fit trois ou quatre pas, cherchant quelque chose de blessant à lui dire. Il la rejoignit et la prit dans ses bras.

– Ne fais pas ta mauvaise tête. Tu ressembles à la fillette qui me rendait fou par ses caprices. Tu t’en souviens ?

Sûr qu’elle s’en souvenait ! Que de blagues ne lui faisait-elle pas, que d’exigences, de colères quand il n’obéissait pas à ses quatre volontés ! Elle sourit.

– Je préfère cela à ton air renfrogné. Mais tu pourrais comprendre que cette nouvelle me bouleverse. Je m’étais fait une raison : vivre avec toi comme avec une sœur.

– Je ne suis pas ta sœur !

– Je le sais. Qu’allons-nous faire ?

– Vous marier, bien évidemment, dit Marie-Madeleine qui s'était approchée du couple.

– Nous marier ?

– N'es-tu pas libre, maintenant ?

– Oui...

– On dirait que cela t'ennuie.

– Bien sûr que non. Mais je pense à mon père. Que dira-t-il ?... Que vont dire les voisins ?

– Ils se réjouiront pour nous, ton père le premier : ils savent que nous nous aimons. Tu m'aimes bien toujours ?

– Oui, mon aimé, plus que jamais !

– Allons annoncer la nouvelle aux autres.

Se tenant par la main, ils se dirigeaient vers le campement quand ils virent Marcus venir à eux en compagnie d'une jeune fille, une Romaine.

– Dieu soit loué, s'écria-t-il en voyant Deborah, tu es saine et sauve !

– Philippe m'a dit que tu l'avais aidé à me rechercher ; je t'en remercie. Qui est cette jeune Romaine ?

– Je voulais que vous soyez les premiers à l'apprendre, dit-il.

– Apprendre quoi ? demanda Philippe.

– Que je vais me marier. Je vous présente ma fiancée : Julia.

Sa fiancée ! Ainsi, Marcus en aimait une autre. Deborah sentit dans son cœur une pointe de jalousie.

– Félicitations, mon ami, s'exclama Philippe en lui donnant l'accolade.

– Félicitations, dit Deborah d'une voix qu'elle s'efforçait de rendre chaleureuse.

– Nous avons aussi une nouvelle à t'annoncer : Deborah est veuve, nous allons à notre tour pouvoir nous marier.

– J'en suis très heureux pour vous. Que Dieu bénisse votre union !

Les quatre jeunes gens se réjouirent en se promettant de se retrouver vite.

25

Quelques jours plus tard, Philippe et Deborah se marièrent. La fête fut simple en raison du chagrin de leur cœur. Leurs amis chantèrent en les accompagnant un hymne à la jeune épousée : « Ni fard, ni poudre, ni pommade, / ni huile à parfums, / elle est sans artifice, / nette comme une biche. »

Les deux époux partirent demander la bénédiction de leurs parents, Jérémie et Suzanne. Quand ils arrivèrent, la jeune épousée se jeta aux pieds de son père en lui demandant pardon de s'être mariée sans son consentement. Jérémie la releva et la prit dans ses bras : il pleurait.

– La paix soit avec toi ! C'est moi qui te demande de me pardonner. Je n'étais qu'un vieil égoïste. Sois bénie, ma fille... Que ton union soit bénie !

Il convia ses voisins à un banquet en l'honneur des nouveaux époux.

Les préparatifs du banquet durèrent trois jours. Les cuisines n'étaient pas assez grandes pour contenir les cuisiniers et autres marmitons. Jérémie fit appel à de nouveaux serviteurs pour dresser les tables. Les invités prirent place. Alors commença le défilé des plats : oiseaux à la sauce verte, escargots au cumin, coquillages, bouillies de froment, de fève et d'orge. Puis ce fut le tour des viandes : antilopes avec leurs cornes, paons avec leurs plumes, moutons entiers cuits au vin doux, cigales frites et loirs confits. Arrivèrent les pâtisseries dégoulinantes de miel, les paniers débordants de fruits. Les vins grecs, de Campanie, des Cantabres coulaient à flots. La musique avait du mal à couvrir le bruit des paroles, des rires. Quand les danseuses entrèrent, elles furent accueillies par des sifflements, des hurlements obscènes. Elles évoluaient avec grâce, glissant parfois sur le sol jonché de vin et de graisse.

Philippe et Deborah regardaient tout cela sans voir, tout à leur bonheur.

Comme le soir tombait, on apporta des flambeaux dont les flammes firent étinceler la vaisselle d'argent.

À la fin du repas, le père de la mariée se leva et déclara :

– Je n'ai plus que quelques jours à vivre. Je voudrais que vous soyez témoins de mes paroles : voici ma fille bien-aimée, mon unique héritière, à qui je lègue tous mes biens. Elle en fera ce qu'elle voudra. En attendant, je vous demande de l'accueillir avec bonté, ainsi que son époux. Par ma faute, ces enfants ont souffert. Je ne peux réparer le mal que j'ai fait. Aussi, je demande à Dieu de me pardonner et de veiller sur eux. Quand le temps de ma mort sera venu, respectez ses décisions comme je les respecte par avance.

– Père, ne parle pas de ces choses qui me rendent triste !

– Ne sois pas triste, ma fille, mon âme est en paix et mon cœur se réjouit de rejoindre le Seigneur. Maintenant, sèche tes larmes et buvons à votre bonheur.

La fin du festin fut joyeuse et, à la nuit tombée, chacun rentra chez soi.

Jérémie avait fait aménager dans sa maison une très belle chambre donnant sur la terrasse, où se retirèrent les époux. Enlacés, ils contemplaient les étoiles.

Philippe souleva Deborah et la porta sur un large lit couvert de coussins de soie ; il s'allongea près d'elle.

– Mon aimée, tu es à moi pour tout le temps que Dieu nous accordera !

Avec lenteur, il la déshabilla puis il se dévêtit à son tour. Nu, il s'étendit sur elle et doucement la pénétra.

Toute la nuit il lui fit l'amour. À l'aube, ils s'aimaient encore.

Après plusieurs jours et plusieurs nuits à s'aimer, ils décidèrent d'un commun accord de retourner à Jérusalem auprès des disciples de Jésus. Quand ils annoncèrent leur départ pour le surlendemain à Jérémie, celui-ci les bénit, sachant qu'il ne reverrait plus jamais sa fille bien-aimée. Alors il se retira pour prier et pleurer.

Ada, la servante de Joseph, ne se consolait pas de la mort de son maître dont elle rendait Deborah responsable. Quand elle avait vu revenir celle-ci, heureuse au bras de l'homme qu'elle aimait, sa rage ne connut plus de bornes. Elle s'en alla trouver le frère de Joseph, Daniel, un des prêtres du Temple, et lui dit :

– Rabbi Daniel, la femme adultère de ton frère est revenue nous narguer avec son complice, son cousin Philippe.

– Mais ne sont-ils pas mariés ?

– Et alors ? Cela n'empêche pas leur péché : il a causé la mort de ton frère.

– Mais ses juges, dont j'étais, ne l'ont pas condamnée.

– Grâce à un artifice de ce Jésus qui vous a tournés en ridicule : « Que celui qui n'a jamais péché lui jette la première pierre... » Que pouviez-vous faire ? Même les hommes pieux, comme toi et ton frère, ne sont pas sans péché. Lui, c'est par le péché d'orgueil qu'il était possédé ! Ne se disait-il pas Fils de Dieu ? Les prêtres et les pharisiens de Jérusalem ne s'y sont pas trompés : ils l'ont fait condamner à mort, à la mort ignominieuse des bandits et des blasphémateurs.

– On dit qu'il est ressuscité.

– Comment un homme aussi savant que toi, aussi pieux, peut-il croire en ces mensonges ? Ce sont ses disciples qui font courir ce bruit. Des gens de peu, eux aussi. Plusieurs de nos voisins sont de cet avis. Si tu ne me crois pas, il te suffit de les interroger. Demande au vieux Jonathan, qui est un homme sage et avisé, il ne te dira pas autre chose que moi.

– Tu as raison, je vais aller le trouver.

Suivi d'Ada, Daniel se rendit au logis de Jonathan qu'il trouva en prière et lui exposa le but de sa visite.

– Je sais tout cela, répliqua celui-ci, ma femme et ma sœur m'en ont parlé.

Véronique, la femme de Jonathan, intervint :

– Toutes les femmes de ce village sont scandalisées par le retour de cette femme adultère et de son amant.

– Cela ne vous a pas empêchés de vous rendre au festin donné par Jérémie en leur honneur.

– Nous ne voulions pas faire affront à ce riche vieillard. Depuis, nous nous sommes réunies et avons décidé qu'il fallait mettre ces adultères à mort. Qu'en penses-tu ?

– Je vais sur l'heure réunir le Conseil et vous ferai part de ses décisions.

Daniel partit, toujours escorté par Ada.

La réunion du Conseil fut houleuse et dura de longues heures. Quand enfin il rendit son verdict, ce fut la lapidation pour les deux pécheurs.

Le lendemain, peu après le lever du jour, les prêtres et les anciens se rendirent au logis de Jérémie, suivis par une foule nombreuse. Jérémie sortit à leur rencontre.

– Que se passe-t-il ? demanda-t-il.

– Le Conseil a décidé que ta fille et son amant seraient lapidés pour avoir commis le péché d'adultère.

– Mais ils sont mariés !

– Cela n'efface pas leur faute. Fais-les chercher sur l'heure !

– Vous me tuerez plutôt !

Les plus jeunes bousculèrent le vieil homme qui tomba, et sa tête heurta la pierre du seuil. Les forcenés l'enjambèrent et, guidés par Ada, furent conduits jusqu'à la chambre des époux qui, ayant entendu du bruit, s'étaient levés et habillés. Des hommes pénétrèrent dans la pièce et se saisirent d'eux. Brutalement, ils les firent descendre les marches de l'escalier où ils se trouvèrent face à la populace. C'est alors que Deborah vit le corps de son père et le sang qui coulait sous sa tête.

– Père ! s'écria-t-elle en se jetant sur lui.

Le vieillard ouvrit les yeux.

– Ma fille..., murmura-t-il, avant de rendre le dernier soupir.

Le hurlement qu'elle poussa glaça le cœur des femmes, mais pas celui d'Ada qui se précipita sur elle et la releva par ses longs cheveux. Elle la traîna ainsi jusque dans la cour de la maison puis, aidée par d'autres femmes, la poussa jusqu'à la place du village. De leur côté, les hommes s'étaient saisis de Philippe qui se débattait avec la force du désespoir.

Quand ils furent tous les deux sur la place, entourés par la foule menaçante, Philippe prit sa femme dans ses bras. Ensemble ils affrontèrent la meute hurlante. C'étaient des injures atroces, immondes, accompagnées de gestes obscènes.

– Pardonne-moi, je n'ai pas su te protéger, dit Philippe.

– Je n'ai rien à te pardonner, mon aimé. Dieu nous fait la faveur de ne pas survivre l'un à l'autre.

Philippe tenta de faire un rempart de son corps.

La première pierre siffla, atteignant Deborah au front ; une autre brisa le nez de Philippe. Bientôt, les deux époux furent couverts de sang. Accrochés l'un à l'autre, titubants, leurs gestes ressemblaient à ceux d'une danse macabre. Deborah fredonnait la chanson de Deborah. Philippe posa ses lèvres sur les siennes.

Un long hurlement monta de la multitude déchaînée. Les pierres s'abattirent, si nombreuses qu'on eût dit une pluie tombant du ciel.

Au bout d'une demi-heure, tout était terminé : ils étaient morts.

C'est alors qu'il y eut dans le ciel une grande lueur et qu'une voix s'éleva, disant :

– Que le sang de ces justes retombe sur vous et vos enfants ! Eux sont au Paradis en compagnie des anges et des saints.

La foule tomba à genoux en gémissant.

Suzanne, la mère de Philippe, réclama les corps et les fit enterrer dans un tombeau creusé à même le rocher.

avril 2007-janvier 2008

Du même auteur :

Aux Éditions Fayard :

- *Blanche et Lucie*, roman, 1976 ;
- *Le Cahier volé*, roman, 1978 (épuisé) ;
- *Contes pervers*, nouvelles, 1980 ;
- *La Bicyclette bleue*, roman, 1981 ;
- *La Révolte des nonnes*, roman, 1981 ;
- *Les Enfants de Blanche*, roman, 1982 ;
- *Lola et quelques autres*, nouvelles, 1983 ;
- *101, avenue Henri-Martin* (*La Bicyclette bleue*, tome II), roman, 1983 ;
- *Le diable en rit encore* (*La Bicyclette bleue*, tome III), roman, 1985 ;
- *Sous le ciel de Novgorod*, roman, 1989 ;
- *Noir tango* (*La Bicyclette bleue*, tome IV), roman, 1991 ;
- *Rue de la Soie* (*La Bicyclette bleue*, tome V), roman, 1994 ;
- *La Dernière Colline* (*La Bicyclette bleue*, tome VI), roman, 1996 ;
- *Pêle-mêle, Chroniques de « L'Humanité »*, tome I, 1998 ;
- *Cuba libre !* (*La Bicyclette bleue*, tome VII), 1999 ;

- *Pêle-mêle, Chroniques de « L'Humanité »*, tome II, 1999 ;
- *Roman ferroviaire*, nouvelles érotiques, 1999 ;
- *Camilo*, portrait du révolutionnaire cubain Camilo Cienfuegos, 1999 ;
- *Pêle-mêle, Chroniques de « L'Humanité »*, tome III, 2000 ;
- *Alger, ville blanche* (*La Bicyclette bleue*, tome VIII), roman, 2001 ;
- *Pêle-mêle, Chroniques de « L'Humanité »*, tome IV, 2002 ;
- *Les Généraux du crépuscule* (*La Bicyclette bleue*, tome IX), roman, 2003 ;
- *La Hire, ou la Colère de Jehanne*, roman, 2005 ;
- *Et quand viendra la fin du voyage...* (*La Bicyclette bleue*, tome X), roman, 2007 ;
- *À Paris, au printemps, ça sent la merde et le lilas*, 2008.

Aux Éditions Calmann-Lévy :

- *Casanova était une femme*, correspondance échangée par Régine Deforges et Sonia Rykiel, illustrée par Claire Bretécher, 2006.

Aux Éditions Jean-Jacques Pauvert :

- *O m'a dit*, entretiens avec l'auteur d'Histoire d'O, Pauline Réage, 1975 (épuisé) ; nouvelle édition avec une préface inédite, 1995.

Au Cherche-Midi Éditeur :

- *Les Cent Plus Beaux Cris de femmes*, anthologie, 1981 (épuisé) ;
- *Poèmes de femmes*, anthologie, 1993, 2008.

Aux Éditions Nathan :

- *Léa au pays des dragons*, conte et dessins pour enfants. 1991 (épuisé).

Aux Éditions Ramsay :

- *L'Apocalypse de saint Jean*, racontée et illustrée pour les enfants, 1985 (épuisé) ;
- *Ma cuisine*, livre de recettes, 1989 (épuisé).

Aux Éditions Albin Michel/Régine Deforges :

- *Le Livre du point de croix*, en collaboration avec Geneviève Dormann, 1987 (épuisé).

Aux Éditions Albin Michel :

- *Pour l'amour de Marie Salat*, roman épistolaire, 1986 ;
- *Les Poètes et les Putains*, anthologie composée en collaboration avec Claudine Brécourt-Villars, 2004 ;
- Le Collier de perles, 2006.

Aux Éditions du Seuil :

- *Le Couvent de sœur Isabelle*, conte et dessins pour enfants, 1991 (épuisé) ;
- *Léa chez les diables*, conte et dessins pour enfants, 1991 (épuisé) ;
- *Léa et les fantômes*, conte et dessins pour enfants, 1992 (épuisé) ;
- *Ce siècle avait trois ans, journal de l'année 2003*, 2004.

Aux Éditions Plume :

- *Rendez-vous à Paris*, illustré par Hippolyte Romain, 1992 (épuisé).

Aux Éditions Lionel-Hoëbeke :

- *Toutes belles*, photographies de Willy Ronis, 1992.

Aux Éditions de l'Imprimerie nationale :

- *Juliette Gréco*, photographies d'Irmeli Jung, 1990 (épuisé).

Aux Éditions Spengler :

- *Paris chansons*, photographies de Patrick Bard, 1993 (épuisé) ; nouvelle édition aux Éditions Mango-Images, 1998 (épuisé) ;
- *Troubles de femmes*, en collaboration avec treize autres femmes écrivains, auteurs de nouvelles érotiques, 1994 (épuisé) ; nouvelle édition dans la collection de poche des Éditions Pocket, 1996.

Aux Éditions Fayard/Spengler :

- *Roger Stéphane ou la Passion d'admirer*, carnet I, 1995.

Aux Éditions Calligram :

- *Les Chiffons de Lucie*, livre pour enfants illustré par Janet Bolton, 1993 ;
- *L'Arche de Noé de grand-mère*, livre pour enfants illustré par Janet Bolton, 1995.

Aux Éditions Stock :

- *Les Poupées de grand-mère*, en collaboration avec Nicole Botton, 1994 ;
- *Le Tarot du point de croix*, en collaboration avec Éliane Doré, 1995 ;
- *Ma cuisine*, anciennes et nouvelles recettes de Régine Deforges, album illustré, 1996 ;

- *Les Non-Dits de Régine Deforges*, entretiens de Régine Deforges avec Lucie Wisperheim, 1997 ;
- *Ces sublimes objets du désir*, en collaboration avec Claudine Brécourt-Villars, 1998.

Aux Éditions Blanche :

- *L'Orage*, roman érotique, 1996.

Aux Éditions Mango-Images :

- *La Chanson d'amour, petite anthologie*, en collaboration avec Pierre Desson, 1999.

Aux Éditions Blanche/Robert Laffont :

- *Entre femmes*, entretiens avec Jeanne Bourin, 1999.

Aux Éditions Le Serpent à plumes :

- *Chemin faisant*, recueil de douze nouvelles écrites en partenariat avec onze autres auteurs dans le cadre de la « Semaine du transport public », 2001.

Aux Éditions l'Inédite :

- *La Collection de point de croix de Régine Deforges*, album réalisé en collaboration avec Isabelle Faidy et Julien Clapot, 2006.

Chez Editorial Arte y Literatura (La Havane, Cuba) :

- *Narrativa francesa contemporánea*, recueil de quinze nouvelles écrites en partenariat avec quatorze autres auteurs sur une idée originale d'Alain Sicard, 2001.

Aux Éditions Wagram/Last Call :

- *Eroticas*, album (CD) de onze chansons interprétées par Régine Deforges et Ángel Parra, 1999.

Composition réalisée par NORD COMPO

Achevé d'imprimer en mai 2010 en Espagne par
LITOGRAFIA ROSÉS S.A.
08850 Gavá
Dépôt légal 1re publication : juin 2010
LIBRAIRIE GÉNÉRALE FRANÇAISE – 31, rue de Fleurus – 75278 Paris Cedex 06

31/2686/9